财政部规划教材

全国中等职业学校财经类教材

财务管理（第六版）
实训与练习

成秉权　主　编

宋晓红　王满亭　副主编

中国财政经济出版社

图书在版编目（CIP）数据

财务管理（第六版）实训与练习/成秉权主编.—北京：中国财政经济出版社，2010.7

财政部规划教材.全国中等职业学校财经类教材

ISBN 978 – 7 – 5095 – 2313 – 1

Ⅰ.①财… Ⅱ.①成… Ⅲ.①财务管理 – 专业学校 – 教学参考资料 Ⅳ.①F275

中国版本图书馆 CIP 数据核字（2010）第 116096 号

责任编辑：陈　冰　　　　责任校对：徐艳丽
封面设计：陈　瑶　　　　版式设计：董生萍

中国财政经济出版社 出版

URL：http：//www.cfeph.cn

E – mail：cfeph @ cfeph.cn

（版权所有　翻印必究）

社址：北京市海淀区阜成路甲 28 号　邮政编码：100142

发行处电话：88190406　财经书店电话：64033436

涿州市新华印刷有限公司 印刷　各地新华书店经销

787×1092 毫米　16 开　7.25 印张　168 000 字

2010 年 7 月第 1 版　2010 年 7 月涿州第 1 次印刷

定价：14.00 元

ISBN 978 – 7 – 5095 – 2313 – 1/F·1856

（图书出现印装问题，本社负责调换）

本社质量投诉电话：010 – 88190744

编写说明

    为了方便教师和学生使用财政部规划教材《财务管理（第六版）》，我们编写了本实训与练习与之配套。

    在编写中，我们按照教育部颁布的《中等职业学校财务管理教学大纲》的要求，根据《财务管理（第六版）》的内容来组织的。考虑中职教师教学和学生的需要，设置了名词解释、单项选择题、多项选择题、判断题、填空题、简述题和计算分析题等题型，主要目的就是巩固学生的理论基础，提高学生的实际动手能力，增强学生对财务管理业务的判断和分析能力。

    尽管如此，本练习册还是以对主教材基本理论和基本方法的进一步理解和巩固为主要目的的，它代替不了实践技能的实际训练。所以，在使用本练习册时，一定要结合实践技能的实际训练一并进行，以提高学生的实际动手能力和解决实际问题的能力。

    本书由成秉权、宋晓红、王满亭编写。

    用书学校任课老师若需要本《实训与练习》的答案，请以电子邮件的形式向中国财政经济出版社索取，E-mail：chenbing@cfeph.cn。若需要其他网络教学资源，请登录如下网址：http://www.zgcjjy.com（或 www.中国财经教育网.com），进入"下载专区"即可。

编　者

2010 年 6 月

目 录

第 一 章

企业的资金及资金筹集

名词解释

1. 企业财务管理

2. 企业的资金分布

3. 企业的资金运动

4. 外来投资

5. 贷款展期

单项选择题

1. 企业要想获得盈利，就要对（　　）涉及的财务、物资、人力、生产、技术和产品销售等进行管理和协调。

    A. 生产经营过程中　　　　　　　　　B. 销售过程中

    C. 生产过程中　　　　　　　　　　　D. 产品运输过程中

2. 财务管理就是管理和组织（　　），处理财务关系的经济管理活动，是企业管理中一项重要的管理职能。

    A. 物资运动　　　　　　　　　　　　B. 资金活动

    C. 劳动力资源　　　　　　　　　　　D. 固定资产

3. 企业的（　　）是企业生产产品、提供服务的过程，也是创造利润的过程，企业想要达到的目标都是通过这个过程实现的。

    A. 生产经营过程　　　　　　　　　　B. 产品销售过程

    C. 生产过程　　　　　　　　　　　　D. 产品运输过程

4. 在管理中，人们把在企业生产经营过程中各种占用和消耗的价值称为（　　）。

    A. 物资　　　　　　　　　　　　　　B. 资金

    C. 产品　　　　　　　　　　　　　　D. 劳动力

5. 资金是企业生产经营过程得以正常进行的（　　），只有在有了资金以后，才可能购买物资和支付费用。

    A. 补充条件　　　　　　　　　　　　B. 附带条件

    C. 前提条件　　　　　　　　　　　　D. 次要条件

6. 从工业企业来说，资金是以（　　）在供应、生产和销售环节上的。这些资金还有各自的名称：分布在供应环节上的叫储备资金；在生产环节上的叫生产资金或叫在产品资金；在销售环节上的叫成品资金；存在银行或在财会保险柜中的叫货币资金。

    A. 一种形态集中　　　　　　　　　　B. 集中一种形态

    C. 各种形态分布　　　　　　　　　　D. 一种形态分布

7. 分布在生产经营各环节上的资金，也不是静止，在那里，它们像链条一样相互连接在一起，按照一定的规律（　　）着。

    A. 运动　　　　　　　　　　　　　　B. 静止

    C. 停滞　　　　　　　　　　　　　　D. 呆滞

8. 所谓筹集资金的渠道其实就是指企业筹措资金的（　　），看看可以从哪条道上取得资金，也就是寻找一下企业的"来钱道"。

    A. 方法　　　　　　　　　　　　　　B. 数量

C. 单位　　　　　　　　　　　　　　D. 来源方向

9. 企业取得的非银行金融机构资金主要是指企业从（　　）等取得的贷款和物资的融通（如租赁）、承销证券等各种金融服务。

  A. 信托投资公司、保险公司、租赁公司、证券公司、企业集团所属的财务公司

  B. 工商银行、建设银行、投资银行、中国银行、农业银行

  C. 农业发展银行、城市信用社、村镇银行、招商银行

  D. 居民个人投资、居民个人存款、居民个人借款、单位借款

10. 企业自留资金是指企业（　　）形成的资金，主要包括提取坏账准备、存货跌价准备、短期投资跌价准备等。

  A. 企业外部　　　　　　　　　　　B. 企业上级

  C. 企业内部　　　　　　　　　　　D. 社会个人

11. 坏账准备，是指按照一定比率从（　　）中预提的，用于预防坏账损失的准备金。

  A. 营业收入　　　　　　　　　　　B. 应收账款

  C. 银行存款　　　　　　　　　　　D. 流动资产

12. 在企业的资金来源渠道中，从（　　）的单位、个人投入的财产物资，称为"企业的外来投资"。

  A. 企业外　　　　　　　　　　　　B. 企业内

  C. 企业职工　　　　　　　　　　　D. 银行借款

13. 公允定价是指在交易各方没有直接利益关系的前提下，双方在（　　）的基础上确定的市场公平交易价值。

  A. 强制　　　　　　　　　　　　　B. 上级干预

  C. 内部指定　　　　　　　　　　　D. 自愿

14. 短期贷款，指贷款期限在（　　）的贷款。

  A. 一年以内　　　　　　　　　　　B. 一年半以上

  C. 两年　　　　　　　　　　　　　D. 两年半以上

15. 贷款展期是指贷款人在向贷款银行申请并获得批准的情况下（　　）偿还贷款的行为。

  A. 提前　　　　　　　　　　　　　B. 延期

  C. 按时　　　　　　　　　　　　　D. 准时

多项选择题

1. 企业在生产经营过程中发生的消耗，可以简略成（　　）三项。

  A. 料　　　　　　　　　　　　　　B. 工

  C. 费　　　　　　　　　　　　　　D. 物

  E. 财

2. 从工业企业来说，资金是以各种形态分布在（　　）环节上的。

  A. 运输　　　　　　　　　　　　　B. 采购

  C. 供应　　　　　　　　　　　　　D. 生产

E. 销售

3. 在财务管理中，我们可以把资金运动看成企业的资金链，在企业生产经营过程中，要想方设法保证企业的资金链（　　）并能（　　）运动，不会断流。

    A. 松散组合　　　　　　　　　　　　　B. 保持静止

    C. 环环相扣　　　　　　　　　　　　　D. 周而复始地连续

4. 银行借款是指企业从各个（　　）等信贷机构借入的资金，这是目前我国各类企业最为重要的资金来源渠道。

    A. 商业银行　　　　　　　　　　　　　B. 信用社（包括城市信用社、农村信用社）

    C. 村镇银行　　　　　　　　　　　　　D. 政策性银行

    E. 投资公司　　　　　　　　　　　　　F. 信托公司

5. 投资者投入的实物资产，必须要附带该项资产（　　）的证明文件，企业要对这些文件和资料进行认真甄别，只有两权同时具备的资产，企业才可以接收。

    A. 所有权　　　　　　　　　　　　　　B. 收益权

    C. 处置权　　　　　　　　　　　　　　D. 债权

6. 如果投资者是以劳务形式投资，则劳务投资的价值，要按照企业所在地当时的（　　）社会平均劳务价格做标准，经过双方协商确认其价值。

    A. 公务员工资　　　　　　　　　　　　B. 力工

    C. 技术工　　　　　　　　　　　　　　D. 事业单位工资

7. 政策性银行，是按照国家的产业政策或政府的相关决策进行投融资活动的金融机构，这类银行不以利润最大化为经营目标。贷款利率较低、期限较长，有特定的服务对象，其支持的主要是商业性银行在初始阶段不愿意进入或涉及不到的领域。目前我们国家有（　　）两家政策性银行。

    A. 中国工商银行　　　　　　　　　　　B. 中国农业银行

    C. 中国国家开发银行　　　　　　　　　D. 中国进出口银行

    E. 中国农业发展银行

8. 担保和抵押贷款，是指企业从银行获得的（　　）三种形式的贷款。

    A. 担保贷款　　　　　　　　　　　　　B. 抵押贷款

    C. 质押贷款　　　　　　　　　　　　　D. 信用贷款

    E. 无息贷款

9. 按照贷款的使用质量划分，贷款可以分为（　　）两种。

    A. 正常贷款　　　　　　　　　　　　　B. 不良贷款

    C. 信用贷款　　　　　　　　　　　　　D. 质押贷款

10. 对借款人来说，无论采用哪种偿还方式，平时应该做好（　　），也可以建立（　　），平时从销售收入中提取一定数额的还款基金，以保证贷款到期时能及时足额的偿还上长期借款。

    A. 借款偿还计划　　　　　　　　　　　B. 负债期间的还款基金内部储蓄制度

    C. 产品销售计划　　　　　　　　　　　D. 货币资金管理制度

    E. 物资采购计划

1. 企业要想获得盈利，就要对生产经营过程中涉及的财务、物资、人力、生产、技术和产品销售等进行管理和协调。　　　　　　　　　　　　　　　　　　（　　）

2. 财务管理就是管理和组织资金活动，处理财务关系的经济管理活动，是企业管理中一项重要的管理职能。　　　　　　　　　　　　　　　　　　　　（　　）

3. 企业财务的管理过程就是企业的理财过程，这个过程是独立存在的，也不是依附在企业组织上进行的，两者的关系是各不相干。　　　　　　　　　　　　　　（　　）

4. 企业的生产经营过程是企业生产产品、提供服务的过程，也是创造利润的过程，企业想要达到的目标都是通过这个过程实现的。　　　　　　　　　　　　　　（　　）

5. 所有的钱和财富都可以叫资金，包括父母存在箱子底的金银首饰。　　（　　）

6. 企业的资金并不是以一种形态，一股脑都集中在一个环节上，而是分布在生产经营的各个环节上。从工业企业来说，资金是以各种形态分布在供应、生产和销售环节上的。
　　　　　　　　　　　　　　　　　　　　　　　　　　　　　　　（　　）

7. 分布在生产经营各环节上的资金，老老实实地静止待在那里。　　　（　　）

8. 企业的资金也像人体中的血液一样，川流不息，一刻不停地向身体的各个部位输送营养，维持着人的生命，如果哪个部位缺少了血液供应，就会发生肢体坏死，严重时还会影响生命。　　　　　　　　　　　　　　　　　　　　　　　　　　　　　（　　）

9. 所谓筹集资金的渠道其实就是指企业筹措资金的来源方向，看看可以从哪条道上取得资金，也就是寻找一下企业的"来钱道"。　　　　　　　　　　　　　（　　）

10. 银行借款是指企业从各个商业银行、信用社（包括城市信用社、农村信用社）、村镇银行和政策性银行、投资公司、信托公司、证券公司等信贷机构借入的资金，这是目前我国各类企业次要的资金来源渠道。　　　　　　　　　　　　　　　　　　（　　）

11. 在企业间的产品购销业务中，如果本企业采用赊购方式取得了商品，从而形成应付账款。这部分资金的性质是企业的债务，是我方占用了对方单位的资金，这种短期的应付账款也成为企业资金的一个来源。　　　　　　　　　　　　　　　　　（　　）

12. 在企业吸收的外来投资存在多种形态的情况下，为了准确计算这些投入财产物资的价值，就要对各种形态的资本进行价值确认。　　　　　　　　　　　　（　　）

13. 如果投资者是以专利权、专有技术等无形资产投资，为了保证该项资产的价值能得到公平确认，也应该聘请社会资产评估机构评估，企业应该按照资产评估机构的评估价值来确定投资价值。　　　　　　　　　　　　　　　　　　　　　　　　　（　　）

14. 中国人民银行，是我国的中央银行，也称为"银行的银行"，它既办理企业和个人的银行业务，也负责国家的金融政策、货币政策的制定和对各银行进行行政管理和监督。
　　　　　　　　　　　　　　　　　　　　　　　　　　　　　　　（　　）

15. 政策性银行，是按照国家的产业政策或政府的相关决策进行投融资活动的金融机构，这类银行不以利润最大化为经营目标。　　　　　　　　　　　　　（　　）

16. 商业银行，是以营利为目的，而且与百姓生活和国民经济的运转密切相关的金融机构。基础业务包括吸收公众存款；发放短、中、长期贷款；办理国内外结算、汇款、汇兑等业务。具体又分为国有商业银行、股份制银行、城市商业银行、农村商业银行、农村合作银行和村镇银行等。这类银行对中小企业来说，是打交道最多的金融机构。　　　　（　　）

17. 邮政储蓄，是由中国工商银行组建的银行，目前主要的业务是吸收公众存款和发放小额贷款业务。　　　　（　　）

18. 省分行（一级分行），主要是在总行领导下以省级为单位建立的负责全省所辖支行的业务统筹和行政管理机构。一般情况下分行不对外办理业务，是行政事务管理单位。
　　　　（　　）

19. 银行分理处，有的银行叫办事处。是主要负责办理对私人业务而不负责对公业务的机构。　　　　（　　）

填空题

1. 财务管理就是_____和_____资金活动，处理财务关系的经济管理活动，是企业管理中一项重要的管理职能。

2. 在管理中，人们把在企业生产经营过程中各种_____和_____的价值称为"资金"。

3. 从工业企业来说，资金是以各种形态分布在供应、生产和销售环节上的。这些资金还有各自的名称：分布在供应环节上的叫_____；在生产环节上的叫_____或叫在产品资金；在销售环节上的叫_____；存在银行或在财会保险柜中的叫_____。

4. 资金的周转是不能停顿的，而且要一环扣一环不断重复地运动，运动的越快，企业取得的_____就会越多。

5. 我们把在银行之外又从事金融业务的这类机构称为_____。这些机构以发行股票和债券、接受信用委托、提供保险等形式筹集资金，并将所筹集到的资金运用于企业投资，以取得更好的效益。

6. 如果本企业有好的投资项目，可以吸引其他企业投入资金。这些企业，在生产经营过程中，有时会形成部分闲置的_____和_____，为了使这部分资金和物资能充分发挥作用，赚取更多的收益，将这部分资金转向其他企业投资。

7. 个人资金，是指国内外的居民个人通过_____、_____或以_____等形式投入企业的资金。

8. 企业自留资金是指企业内部形成的资金，主要包括_____、_____、_____等。这些资金的特征是可以从企业内部生成，无须通过一定的方式从外部去筹集。

9. 企业吸收的外来投资往往不是单纯的货币资金一种形态，有的还是_____或者是_____，有的甚至是以劳务形式投入（如拥有专门技术的人员，可以以劳务形式作为股本投资）。

10. 在各种形式的投入资产中，人民币投资形式可以直接使用，因而是_____，效率也是_____。所以，在投资中，应该鼓励直接用人民币形式投入。凡是以人民币形式投入的资产，可以按照企业实际收到的金额直接计价入账。

11. 如果投资者是以房屋、建筑物、运输工具、大型设备、材料物资等实物资产投资入的，在这种情况下，企业就要同投资方共同确认_____了。

12. 融资是指融通资金，主要指企业从外部筹集资金，包括_____和_____，其中：直接融资主要是指直接从股东、投资人那里筹集资金。间接融资主要是指通过金融机构，如银行、财务公司、信托公司等，以借入长短期借款、发行债券等方式获得资金的方式。

13. 筹资除包括企业从外部筹集资金外，还包括通过对_____的安排，如自留资金、折旧、投资收益的分配等，筹集企业为发展某一项目的资金。

14. 信用社，是指有农民和城市居民入股组成的_____，主要向农村、城镇人口提供理财服务的。信用社又分城市信用社和农村信用社。

15. 信用贷款，也叫无抵押和担保贷款，是指不用担保抵押而仅以借款人的_____发放的贷款。这是银行对信用程度较高和贷款单位情况比较熟悉的小企业和个人发放的贷款。

16. 质押贷款，是以动产做抵押来进行的贷款，包括国库券、银行储蓄存款、金融债券等_____和_____。这是企业在经营过程中，出现资金周转问题时可临时采用的一种方法。

17. 票据贴现贷款，是指贷款人以购买借款人未到期的_____方式发放的贷款。一般情况下多是应收票据贴现贷款。就是借款人将持有的未到期的应收票据交付银行兑现现金。

18. 贷款合同基本条款，包括贷款数额、贷款方式、款项发放时间、还款期限、利息数额及利息支付方式、还款方式和双方法人等，是合同的_____。

19. 贷款合同的保证条款，是保证贷款能_____的条款。包括：贷款的使用要求、有关部门的物资保证、抵押财产相关证明书、担保人及其责任等。

20. 贷款展期，如果不提前同银行沟通好，往往会影响借款人的_____，特别是强行展期，_____，将记入不良记录中。

21. 长期贷款的特殊性限制条款，主要是针对特殊情况而作出的_____，如专款专用，贷款单位的领导人要相对稳定和领导人人身安全保障等。

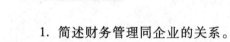 简述题

1. 简述财务管理同企业的关系。

2. 简述企业的资金周转。

3. 企业的资金来源都有哪些渠道？

4. 你对银行借款的条件和程序有哪些了解？

1. 某企业年初存入银行 20 万元，存入期限为 3 年，年利率为 9%。按照单利计算 3 年后所得的利息数额。

2. 某企业年初存入银行 20 万元，存入期限为 3 年，年利率为 9%。按照复利计算 3 年后所得的利息数额。

3. 某企业 5 年后要更新设备，预计需要资金 30 万元，银行存款利率为 10%。为满足 5 年后的资金需要，按照复利计算该企业目前应该向银行存入多少资金。

4. 一个学生家长提前一年一次性在银行存款 3 万元，作为其子女四年大学期间的费用，银行利率为 12%。要求：计算该学生四年大学期间每年年初可等额从银行支取多少款额。

5. 掩卷思考：是创业还是就业？

在教材中，我们看到学生王强临毕业前下了要创业的决心。是创业还是就业，是每个毕业生都要面临的选择。需要同学分析思考的是：

（1）将来你会选择哪条路？

（2）如果选择创业，你会选择哪类组织形式的企业（是独资还是合伙）？会从哪类行业中开始起步（是农业、工业加工还是其他服务）？你的筹资渠道会怎样设计？

第 二 章

财 务 预 算

 名词解释

1. 财务预算

2. 财务控制

3. 固定预算

4. 变动成本

5. 固定成本

6. 弹性预算

7. 零基预算

8. 滚动预算

9. 全面预算

10. 销售预算

11. 生产预算

12. 直接材料预算

13. 直接人工预算

14. 制造费用预算

15. 产品生产成本预算

16. 期间费用预算

17. 现金预算

18. 预计财务报表

单项选择题

1. （　　）适用于经营管理完善、产品品种相对固定、能比较准确地预测产品需求和产品成本变动不大的企业。
    A. 固定预算　　　　　　　　　　B. 弹性预算
    C. 零基预算　　　　　　　　　　D. 滚动预算

2. 下列选项中属于固定预算的优点的有（　　　　）。

A. 简单、工作量小

B. 能调动各方面的积极性，有助于企业的长远发展

C. 预算期与会计期间相等，便于利用预算管理和考核企业

D. 透明度高，及时反映企业的变化，使预算连续、完整

3. 在下列预算方法中，能够适应多种业务量水平并能克服固定预算方法缺点的是（　　）。

　　A. 弹性预算方法　　　　　　　　　　B. 固定预算方法

　　C. 零基预算方法　　　　　　　　　　D. 流动预算方法

4. 弹性预算也称"变动预算"，是指企业在不同业务量水平的情况下，根据（　　）之间的数量关系规律编制。

　　A. 产量与成本　　　　　　　　　　　B. 不同业务量水平

　　C. 本量利　　　　　　　　　　　　　D. 变动成本与可变成本

5. 各种产品销售业务量为100%时的销售收入为5 500万元，变动成本为3 300万元，企业年固定成本总额为1 300万元，利润为900万元，则当预计业务量为70%时的利润为（　　）。

　　A. 540万元　　　　　　　　　　　　B. 240万元

　　C. 630万元　　　　　　　　　　　　D. 680万元

6. （　　）主要适用于企业技术改造项目、部门管理费用等方面的预算。

　　A. 固定预算　　　　　　　　　　　　B. 弹性预算

　　C. 零基预算　　　　　　　　　　　　D. 滚动预算

7. 下列选项中属于滚动预算的优点的有（　　）。

　　A. 简单、工作量小

　　B. 能调动各方面的积极性，有助于企业的长远发展

　　C. 预算期与会计期间相等，便于利用预算管理和考核企业

　　D. 透明度高，及时反映企业的变化，使预算连续、完整

8. 企业生产车间为制造产品和提供劳务而发生的各项间接费用预算是（　　）。

　　A. 管理费用预算　　　　　　　　　　B. 营业费用预算

　　C. 制造费用预算　　　　　　　　　　D. 期间费用预算

9. 企业所生产产品的单位成本和总成本的财务预算是（　　）。

　　A. 生产预算　　　　　　　　　　　　B. 直接生产成本预算

　　C. 产品生产成本预算　　　　　　　　D. 期间费用预算

10. （　　）主要适用于企业的销售预算、材料采购等连续性较强的预算。

　　A. 固定预算　　　　　　　　　　　　B. 弹性预算

　　C. 零基预算　　　　　　　　　　　　D. 滚动预算

11. （　　）是编制其他预算的基础。

　　A. 销售预算　　　　　　　　　　　　B. 生产预算

　　C. 产品生产成本预算　　　　　　　　D. 现金收支预算

12. （　　）就是关于预算期内产品销售收入及其现金收入的目标计划。

　　A. 销售预算　　　　　　　　　　　　B. 生产预算

　　C. 产品生产成本预算　　　　　　　　D. 现金收支预算

13. 某公司计划年度年初 A 产品存货存量为 40 件，本年各季度末产成品存货占本季度销售量的 10%，第一季度产品销售量为 500 件，则第一季度预计生产量为（   ）。

    A. 540 件   B. 500 件

    C. 490 件   D. 510 件

14. 某企业第一季度甲材料预计生产需要量为 5000 千克，年初甲材料库存量为 800 千克，计划年度内各季末甲材料库存按本季度生产需要量的 10% 储备，则第一季度甲材料预计采购量是（   ）。

    A. 5 800 千克   B. 5 000 千克

    C. 5 300 千克   D. 4 700 千克

15. 制造费用预算是（   ）。

    A. 直接生产成本预算   B. 间接生产成本预算

    C. 固定费用预算   D. 变动费用预算

多项选择题

1. 财务预算具体包括（   ）。

    A. 现金预算   B. 预计利润表

    C. 预计资产负债表   D. 预计现金流量

2. 财务预算的作用有（   ）。

    A. 计划   B. 控制

    C. 考核   D. 协调

3. 按预算的灵活程度分类，分为（   ）。

    A. 固定预算   B. 弹性预算

    C. 零基预算   D. 滚动预算

4. 按预算期长短，可分为（   ）。

    A. 短期预算   B. 长期预算

    C. 中期预算   D. 固定预算

    E. 定期预算

5. 固定预算是（   ）。

    A. 不考虑预算期内可能发生的变动而编制的预算

    B. 编制后通常在计划期内不做变动，具有相对稳定性

    C. 是假设在销售价格、变动成本、固定成本都不变的前提下编制的预算

    D. 是动态预算

6. 以下属于变动成本项目的是（   ）。

    A. 原材料项目   B. 销售费用

    C. 管理人员工资   D. 管理部门办公费

7. 企业成本弹性预算中，将所有的成本划分为（   ）。

    A. 人工成本   B. 变动成本

C. 固定成本   D. 制造成本

E. 材料成本

8. 弹性预算的主要特点是（   ）。

  A. 按照预算期内可预见的多种业务活动水平确定不同的预算额

  B. 可按实际业务活动水平调整其预算额

  C. 待实际业务量发生后，将实际指标与实际业务量相应的预算进行对比

  D. 使预算执行情况的评价与考核建立在更加客观和可比的基础上

9. 弹性预算主要适用于（   ）的编制。

  A. 利润预算   B. 企业技改项目预算

  C. 成本预算   D. 销售预算

10. 零基预算是（   ）。

  A. 以零为基底，不考虑历史情况，也不受过去情况影响的预算

  B. 以费用效益分析为基础来编制的预算

  C. 按项目的轻重缓急性质，分配预算经费

  D. 编制预算的工作量较小

11. 零基预算主要适用于（   ）的编制。

  A. 部门管理费用预算   B. 企业技改项目预算

  C. 成本预算   D. 销售预算

  E. 大企业的管理部门和社会上的非营利组织

12. 相对定期预算而言，滚动预算的优点有（   ）。

  A. 透明度高   B. 及时性强

  C. 预算工作量小   D. 连续性、完整性和稳定性突出

13. 滚动预算主要适用于（   ）的编制。

  A. 部门管理费用预算   B. 企业技改项目预算

  C. 成本预算   D. 销售预算

  E. 材料采购预算

14. 全面预算主要包括（   ）。

  A. 生产预算   B. 现金收支预算

  C. 产品生产成本预算   D. 销售预算

  E. 直接材料费用预算、直接人工费用预算、制造费用预算、期间费用预算

  F. 预计资产负债表及预计损益表

15. 生产预算是（   ）。

  A. 按以产定销的原则来编制的

  B. 是关于预算期内产品储备量的目标计划

  C. 在编制时要平衡好产品销售量、生产量、储备量三者之间的关系

  D. 由产品生产进度计划和产品储备量计划（也叫存货量）构成

16. 直接材料预算就是编制的有关（   ）的财务预算。

  A. 材料耗用量   B. 材料采购量

  C. 材料采购支出   D. 材料储备量

17. 期间费用预算是对企业各管理部门的 （　　　　　　） 所作的财务预算。
    A. 营业费用　　　　　　　　　　　　B. 制造费用
    C. 财务费用　　　　　　　　　　　　D. 管理费用

18. 现金预算的内容是由 （　　　　　　） 组成。
    A. 现金收入　　　　　　　　　　　　B. 现金支出
    C. 现金余缺　　　　　　　　　　　　D. 现金调剂

19. 预计财务报表主要是 （　　　　　　）。
    A. 预计利润表　　　　　　　　　　　B. 预计资产负债表
    C. 预计现金流量表　　　　　　　　　D. 预计所有者权益变动表

▼ 判断题

1. 企业的财务预算也就是企业的财务计划。　　　　　　　　　　　　（　　）
2. 财务预算的前提是明确企业的发展目标。　　　　　　　　　　　　（　　）
3. 财务计划作用是指对企业的资金运动过程和结果进行衡量与校正，目的是确保利润的实现。　　　　　　　　　　　　　　　　　　　　　　　　　　　　（　　）
4. 财务预算按其灵活程度分为固定预算、弹性预算、零基预算、滚动预算、长期预算和短期预算。　　　　　　　　　　　　　　　　　　　　　　　　　　　　（　　）
5. 长期预算是指预算期为一年以上的预算。　　　　　　　　　　　　（　　）
6. 固定预算考虑了预算期内生产经营活动可能发生的变动。　　　　　（　　）
7. 在固定预算方法下，是假设在销售价格、变动成本、固定成本都不变的前提下编制的预算，因而也把它称为静态预算。　　　　　　　　　　　　　　　　　　（　　）
8. 弹性预算也称变动预算，是指企业在不同业务量水平的情况下，根据根据本量利数量关系规律而编制的。　　　　　　　　　　　　　　　　　　　　　　　　（　　）
9. 弹性预算主要适用于销售预算和利润预算的编制。　　　　　　　　（　　）
10. 零基预算主要适用于企业的销售预算、材料采购等连续性较强的预算。　（　　）
11. 滚动预算的基本特点是在预算表上，列示的预算期是连续不断的，始终保持一定期限（一般是一年）。　　　　　　　　　　　　　　　　　　　　　　　　（　　）
12. 滚动预算可以保持预算的连续性和完整性，使预算编制成为常态性工作。（　　）
13. 全面预算，通常也叫"财务总预算"，它是由若干个相互关联的预算组成的一个完整的预算体系。　　　　　　　　　　　　　　　　　　　　　　　　　　　（　　）
14. 销售预算就是关于预算期内产品销售量的目标计划。　　　　　　　（　　）
15. 生产预算就是关于预算期内产品生产量的目标计划。　　　　　　　（　　）
16. 直接材料预算是关于生产产品所耗用的直接材料和间接材料采购量的预算。（　　）
17. 某材料预计采购量 = 该材料预计生产需要量 + 预计期初存货量 − 该材料预计期末存货量。　　　　　　　　　　　　　　　　　　　　　　　　　　　　　　（　　）
18. 直接人工预算是有关劳动量和人工成本的财务预算。　　　　　　　（　　）
19. 制造费用预算是期间费用的财务预算。　　　　　　　　　　　　　（　　）

20. 在编制制造费用预算时，需要将制造费用按照成本习性划分为固定费用与变动费用两部分。　　　　　　　　　　　　　　　　　　　　　　　　　　　（　　）

21. 期间费用预算是对企业各生产单位的营业费用、管理费用和财务费用所作的财务预算。　　　　　　　　　　　　　　　　　　　　　　　　　　　　　　（　　）

22. 现金调剂是指根据现金余缺的预算状况，对现金的筹集和运用作出进一步调剂的预算。　　　　　　　　　　　　　　　　　　　　　　　　　　　　　　（　　）

23. 现实中现金应该越多越好，这样就不至于出现现金短缺的情况。　　　（　　）

填空题

1. 财务预算就是对企业未来一段时间的_____所作的各种打算和安排。

2. 财务预算的基础是_____和_____，前提是明确企业的_____，目的是把企业的眼前利益与长远发展有机结合起来，促进企业的可持续发展。

3. 财务预算具体包括_____、_____、_____和预计现金流量等内容。

4. 财务预算具有_____、_____、_____作用。

5. 财务预算按其灵活程度分为_____、_____、_____和_____。

6. 弹性预算主要适用于_____和_____的编制。

7. 滚动预算主要适用于企业的_____、_____等连续性较强的预算。

8. 编制销售预算的主要依据是企业预算期的_____和_____。

9. 生产预算就是关于预算期内产品_____的目标计划。是按_____的原则来编制的。在编制时，要平衡好产品_____、_____和_____三者之间的关系。

10. 直接材料预算是以_____为基础编制的。在编制时主要是确定_____。

11. 直接人工预算是有关_____和_____的财务预算。

12. 制造费用预算是_____的财务预算。

13. 产品生产成本预算就是编制的企业所生产产品的_____和_____的财务预算。

14. 现金预算是一项重要的预算，它主要以_____的形态综合反映前面的各项预算的主要内容。

15. 预计财务报表是全面预算编制中用以反映预算年度要实现的_____和_____的预算。

16. 预计利润表是关于预算年度要实现_____的预算。

17. 预计资产负债表是关于预算年度_____等要素的财务预算。

1. 简述财务预算与财务计划的区别。

2. 常用的预算编制方法有哪些？

3. 什么是弹性预算？如何编制？

4. 什么是滚动预算？如何编制？

5. 什么是全面预算？都具体包括哪些预算。

6. 为什么现金预算是一项重要的预算？现金余缺应如何进行调剂？

 计算分析题

1. 某企业预计销售甲产品 2 000 件，单价 400 元，单位成本为 200 元，其中：直接材料 100 元，直接人工 60 元，制造费用 40 元。

要求：按固定预算法编制产品销售利润预算表如表 2 – 1 所示。

表 2-1 　利 润 预 算 表 　单位：元

项　　目	预算金额
销售收入	
销售成本	
直接材料	
直接人工	
制造费用	
销售利润	

2. 某企业生产甲产品，预计最高年销售量 270 台，预计单位变动成本 270 元，其中：直接材料 162 元，直接人工 27 元，单位变动制造费用 81 元，预计固定制造费用总额 9 900 元，预计销售单价 360 元。

要求：根据上述资料，按弹性预算法编制如下业务量为最高年销售量 100%、90%、80% 的不同业务量水平下的收入、成本和利润预算表（见表 2-2）。

表 2-2 　收入、成本和利润的预算表 　单位：万元

项目 ＼ 业务量	100%	90%	80%
销售收入			
销售成本			
变动成本			
直接材料			
直接人工			
制造费用			
固定成本			
销售利润			

3. 预计 ABC 公司预算年度某产品的销售量在 7 000 ~ 12 000 件之间变动；销售单价为 100 元；单位变动成本为 86 元；固定成本总额为 8 万元。

要求：根据上述资料以 1 000 件为销售量的间隔单位编制该产品的弹性利润预算。

4. 某公司准备对销售管理费用预算的编制采用零基预算的编制方法，预算编制人员提出的预算年度开支水平如表 2 - 3 所示。

表 2 - 3　　　　　　　　　　　　　　　　　　　　　　　　　　　　　单位：万元

费用项目	开支金额
业务招待费	200
广告费	180
办公费	80
保险费	50
职工福利费	40
劳动保护费	30
合　　计	580

假定公司预算年度对上述费用可动用的财力资源只有 500 万元，经过充分论证，认为上述费用中广告费、保险费和劳动保护费必须得到全额保证，业务招待费、办公费和职工福利费可以适当压缩，按照过去历史资料得出的业务招待费、办公费和职工福利费的成本效益分析如表 2 - 4 所示。

表 2 - 4　　　　　　　　　　　　　　　　　　　　　　　　　　　　　单位：万元

费用项目	成本金额	收益金额
业务招待费	1	6
办公费	1	3
职工福利费	1	1

要求：

（1）确定不可避免项目的预算金额。

（2）确定可避免项目的可供分配资金。

（3）按成本效益比重分配确定可避免项目的预算金额。

5. MC公司甲乙两种产品××年期初的实际存货量和年末的预计存货量等资料如表2-5所示。

表2-5 　　　　　　　　　　　××年MC公司的存货资料 　　　　　　　　　单位：元

品种	年初产成品存货量（件）	年末产成品存货量（件）	年初在产品存货量（件）	年末在产品存货量（件）	预计期末产成品占下期销量的百分比	年初产成品成本	
						单位额	总额
甲产品	80	120	0	0	10%	40	3 200
乙产品	50	130	0	0	10%	62	3 100

要求：为MC公司编制年度的生产预算。

6. 某公司××年有关销售及现金收支情况如表2-6所示。

表2-6

项目	第一季度	第二季度	第三季度	第四季度	合计
产品销售量	3 000	4 000	5 500	6 000	18 500
销售单价（元）	100	100	100	100	100
期初现金余额（万元）	2 100				
经营现金流出	261 800	291 800	354 000	593 300	1 507 200

（1）销售环节税率为5.5%；

（2）该公司期初应收账款为8万元，其中第四季度销售形成的应收账款为5万元；

（3）该公司历史资料显示：当季销售当季收回现金60%，下季收回现金30%，第三季度收回现金10%；

（4）该公司最佳现金余额为6 000元；

（5）银行借款按期初借款、期末还款处理，借款利率为10%；

（6）资金筹措和运用按500元的倍数进行；

（7）该公司期初有价证券投资5 000元，资金余缺的调整以减少负债为基本目的；

（8）经营现金流出量中不包括销售环节税金现金流出量。

要求：根据上述资料编制该公司销售预算表及现金预算表。

7. 某公司××年第1~3月实际销售额分别为38 000万元、36 000万元和41 000万元，预计4月份销售额为40 000万元。每月销售收入中有70%能于当月收现，20%于次月收现，10%于第三个月收讫，不存在坏账。假定该公司销售的产品在流通环节只需缴纳消费税，税率为10%，并于当月以现金缴纳。该公司3月末现金余额为80万元，应付账款余额为5 000万元（需在4月份付清），不存在其他应收应付款项。4月份有关项目预计资料如下：采购材料8 000万元（当月付款70%）；工资及其他支出8 400万元（用现金支付）；制造费用8 000万元（其中折旧费等非付现费用为4 000万元）；营业费用和管理费用1 000万元（用现金支付）；预交所得税1 900万元；购买设备12 000万元（用现金支付）。现金不足时，通过向银行借款解决。4月末现金余额要求不低于100万元。

要求：根据上述资料，计算该公司4月份的下列预算指标：

（1）经营性现金流入；

（2）经营性现金流出；

（3）现金余缺；

（4）应向银行借款的最低金额；

（5）4月末应收账款余额。

8. ABC 公司××年度现金预算如表 2-7 所示。

表 2-7　　　　　　　　　　××年度 ABC 公司现金预算　　　　　　　金额单位：万元

项　目	第一季度	第二季度	第三季度	第四季度	全年
	40	*	*	*	(H)
①期初现金余额	1 010	*	*	*	5 516.3
②经营现金收入	*	1 396.30	1 549	*	(I)
③可运用现金合计	800	*	*	1 302	4 353.7
④经营现金支出	*	300	400	300	1 200
⑤资本性现金支出	1 000	1 365	*	1 602	5 553.7
⑥现金支出合计	(A)	31.3	-37.7	132.3	*
⑦现金余缺	0	19.7	(F)	-72.3	*
⑧资金筹措及运用	0	(C)	0	-20	0
加：短期借款	0	(D)	0.3	0.3	*
减：支付短期借款利息	0	0	-90	(G)	*
购买有价证券					
⑨期末现金余额	(B)	(E)	*	60	(J)

说明：表中用"＊"表示省略的数据。

要求：计算上表中用字母"A~J"表示的项目数值（除"H"和"J"项外，其余各项必须列出计算过程）。

9. 某企业上年度存货平均占用资金 400 万元，其中不该发生的项目支出和过度不合理占用额为 30 万元。预算年度业务量比上年增长 10%，价格下降 3%，存货资金周转速度提高 8%。

要求：根据资料测定该企业预算年度存货资金预算额。

10. 掩卷思考：创业预算怎么做？

在教材中，我们看到学生王强临毕业前下了要创业的决心。他想从小型工业加工行业做起。需要同学分析思考的是：

（1）王强对其筹集的有限的资金如何进行合理的计划和安排？

（2）你会选择哪种预算方法进行预算，包含哪些全面预算内容？

（3）如果王强选择的是小型服务业或小型商业企业，其预算方法和预算内容又会有什么不同呢？

不妨理理思路，从多个角度思考，也为将来的创业做好准备哦！

第 三 章

企业流动资产管理

 名词解释

1. 流动资产

2. 短期投资

3. 速动资产

4. 非速动资产

5. 现金的交易性需要

6. 现金的预防性需要

7. 现金的临时投机性需要

8. 现金收支计划

9. 现金余缺

10. 现金的机会成本

11. 现金的短缺成本

12. 成本分析法

13. 合理的现金持有量

14. 周转期法

15. 现金周转期

16. 应收账款

17. 应收账款政策

18. 应收账款的坏账成本

19. 信用标准

20. 现金折扣

21. 存货

22. 存货的合理订购

23. 存货的经济批量

单项选择题

1. 企业的（　　）主要包括现金、银行存款、短期投资、应收账款及预付款项、存货和待摊费用等。

    A. 流动资产　　　　　　　　　　　B. 固定资产

    C. 速动资产　　　　　　　　　　　D. 非速动资产

2. 企业的下列资产中，不属于企业流动资产的有（　　）。

    A. 待摊费用　　　　　　　　　　　B. 存货

    C. 产成品　　　　　　　　　　　　D. 应收账款及预收账款

3. 以下不属于流动资产特点的是（　　）。

    A. 流动资产的周转具有短期性　　　B. 流动资产具有容易变现性

    C. 流动资产的数量具有相对稳定性　D. 流动资产循环与生产经营周期具有一致性

4. 把流动资产分为速动资产和非速动资产是按（　　）分类的。

    A. 按资产的占用形态分类

    B. 按资产在生产经营活动过程中的作用分类

    C. 按资产是否容易变现分类

    D. 按资产的经济性质分类

5. 现金的投机性需要是指企业持有现金用于（　　）。

    A. 发放工资　　　　　　　　　　　B. 购入材料

    C. 意外事件　　　　　　　　　　　D. 特殊的交易活动

6. 现金的预防性需要是指企业持有现金用于（　　）。

    A. 日常业务　　　　　　　　　　　B. 意外事件

    C. 偿还债务　　　　　　　　　　　D. 特殊的交易活动

7. 现金的交易性需要是指企业持有现金用于（　　　）。

    A. 日常业务　　　　　　　　　　　　B. 意外事件

    C. 投资者　　　　　　　　　　　　　D. 特殊的交易活动

8. 现金余缺是指计划期现金期末余额与（　　　）余额相比后的余额。

    A. 实际结存　　　　　　　　　　　　B. 最佳现金

    C. 计划结存　　　　　　　　　　　　D. 可能需要

9. 企业因缺乏必要的现金储备，不能应付经营业务活动开支所需要，而使企业蒙受损失或者为此付出的代价是指（　　　）。

    A. 现金的管理成本　　　　　　　　　B. 现金的短缺成本

    C. 现金的持有成本　　　　　　　　　D. 现金的机会成本

10. 现金的管理成本是一种相对固定的成本，与现金持有量之间（　　　）的比例关系。

    A. 无明显　　　　　　　　　　　　　B. 有明显

    C. 有同方向　　　　　　　　　　　　D. 有反方向

11. 从收到原材料实物到付出现金的时间是指（　　　）。

    A. 存货周转期　　　　　　　　　　　B. 应收账款周转期

    C. 应付账款周转期　　　　　　　　　D. 现金周转期

12. 因投放于应收账款而放弃的其他收入，即为应收账款的（　　　）。

    A. 机会成本　　　　　　　　　　　　B. 管理成本

    C. 坏账成本　　　　　　　　　　　　D. 转换成本

13. 坏账成本一般与应收账款发生的数量（　　　）。

    A. 成正比　　　　　　　　　　　　　B. 无关

    C. 成反比　　　　　　　　　　　　　D. 成某一固定比例

14. 确认存货内容的主要标准是（　　　）。

    A. 看物资的存放地点　　　　　　　　B. 看企业是否拥有该项物资的使用权

    C. 看企业是否拥有该项物资的控制权　D. 看企业是否拥有该项物资的产权

15. 随着存货订购批量大小的变化，存货的储存成本和订货成本是（　　　）。

    A. 成正比　　　　　　　　　　　　　B. 无关

    C. 成反比　　　　　　　　　　　　　D. 互为消长的

16. 企业以赊销方式卖给客户甲产品100万元，为了客户能够尽快付款，企业给予客户的信用条件是"10/10，5/30，n/60"，则下面描述正确的是（　　　）。

    A. 信用条件中的10，30，60是信用期限

    B. n表示折扣率，由买卖双方协商确定

    C. 客户只要在60天以内付款就能享受现金折扣优惠

    D. 客户只要在10天以内付款就能享受10%的现金折扣优惠

 多项选择题

1. 企业的流动资产主要包括（　　　　）等。

    A. 现金、银行存款   B. 待摊费用

    C. 应收账款及预付款项   D. 存货

2. 以下属于流动资产的特点的是（　　　　　）。

    A. 流动资产的周转具有短期性   B. 流动资产具有容易变现性

    C. 流动资产的数量具有波动性   D. 流动资产循环与生产经营周期的不一致性

3. 按资产在生产经营活动过程中的作用分类，可将流动资产分为（　　　　　）。

    A. 速动资产   B. 流通领域中的流动资产

    C. 应收账款及预付款项   D. 生产领域中的流动资产

4. 按资产的占用形态分类，其作用在于（　　　　　）。

    A. 可以用来计算流动资产需要量和分析流动资产周转的情况

    B. 有利于企业财务上合理组织生产经营活动中流动资金的供应和管理

    C. 有利于企业根据生产领域和流通领域各自的特点与要求，管理和使用好流动资产

    D. 便于在财务分析时计算速动比率

5. 非速动资产主要包括（　　　　　）。

    A. 现金、银行存款   B. 待摊费用

    C. 应收账款   D. 存货

6. 在企业财务的日常工作中，必须要有一定数额的现金储备，主要是为了应付（　　　　　）。

    A. 临时投机性需要   B. 交易性需要

    C. 管理性需要   D. 预防性需要

7. 企业现金管理的内容主要包括（　　　　　）。

    A. 编制现金收支计划   B. 控制日常的现金收支

    C. 确定最佳的现金余额，并保持适当数量的现金储备

    D. 确定现金折扣

8. （　　　　　）是现金收支活动的短期性质计划。

    A. 年计划   B. 季计划

    C. 月计划   D. 现金收支报告单

9. 现金收支计划列示了（　　　　　）等内容。

    A. 现金收入   B. 现金支出

    C. 现金净流量   D. 现金的余缺

10. 计算企业的合理现金余额的方法主要有（　　　　　）。

    A. 逐批测试法   B. 周转期法

    C. 成本效益分析法   D. 成本分析法

11. 在正常情况下，企业持有的现金，一般会有（　　　　　）。

    A. 机会成本   B. 短缺成本

    C. 管理成本   D. 转换成本

12. 现金周转期是指企业从购买材料支付现金到销售商品收回现金的时间。这个周期具体包括（　　　　　）。

    A. 存货周转期   B. 应收账款周转期

C. 应付账款周转期　　　　　　　　　　D. 现金折扣期

13. 预算期可动用的现金总额包括（　　　　　）。
　　A. 垫支流动资金的收回　　　　　　　B. 现销的销售收入
　　C. 期初现金余额　　　　　　　　　　D. 赊销的应收账款的收回
　　E. 固定资产残值变现收入

14. 财务人员对现金流出的管理，要做好（　　　　　）。
　　A. 要制定出企业现金支出管理制度　　B. 要设计好现金流出的审批程序
　　C. 要防止现金流动方面的欺诈行为　　D. 要选择好现金支付时机

15. 现金的日常控制，主要应该抓好（　　　　　）。
　　A. 要不断掌握影响现金变化的经济信息　B. 加速收回现金
　　C. 加强现金收支的综合控制　　　　　D. 要制定出企业现金支出管理制度

16. 现金收支的综合控制的内容包括（　　　　　）。
　　A. 力争现金流入量与现金流出量同步　B. 及时进行现金的清理
　　C. 加强内部制约机制　　　　　　　　D. 遵守国家规定的库存现金的使用范围

17. 应收账款的好处是指它在产品销售中所起的积极作用。其好处主要是（　　　　　）。
　　A. 减少存货的功能　　　　　　　　　B. 可以增加销售
　　C. 持有应收账款是要付出一定代价的　D. 可以增收节支

18. 持有应收账款成本主要有（　　　　　）。
　　A. 机会成本　　　　　　　　　　　　B. 应收账款的坏账成本
　　C. 管理成本　　　　　　　　　　　　D. 缺货成本

19. 企业在制定应收账款政策时，主要确定（　　　　　）的政策。
　　A. 信用期间　　　　　　　　　　　　B. 信用标准
　　C. 信用调查　　　　　　　　　　　　D. 信用评估

20. 企业在信用标准设定时，往往要考虑（　　　　　）因素。
　　A. 品质因素　　　　　　　　　　　　B. 能力因素
　　C. 资本因素　　　　　　　　　　　　D. 抵押因素
　　E. 条件因素

21. 存货作为企业一项重要的流动资产，与其他资产相比具有（　　　　　）特点。
　　A. 存货具有一定的时效性　　　　　　B. 存货是有形资产
　　C. 企业在日常生产经营过程中使用的　D. 存货具有较强的流动性

22. 以下属于企业存货的有（　　　　　）。
　　A. 原材料　　　　　　　　　　　　　B. 库存商品
　　C. 半成品　　　　　　　　　　　　　D. 在产品

23. 企业的存货包括以下（　　　　　）。
　　A. 在正常经营过程中储存的以备出售的产品
　　B. 为了最终出售，而眼下正处于生产过程中的存货
　　C. 为了投资而储存的商品、原材料和产成品
　　D. 为了生产供销售的商品或提供服务以备消耗的存货

24. 企业持有存货，必定会发生一定的成本支出，与存货有关的成本有（　　　　）。

    A. 购置成本　　　　　　　　　　B. 订货成本

    C. 缺货成本　　　　　　　　　　D. 储存成本

25. 对存货采购环节的管理，企业财务会同物资供应部门应该从（　　　　）方面做好工作。

    A. 抓好新产品设计，从源头上降低成本　　B. 缩短订货及交货时间，减少库存数量

    C. 选择最近的供应商供货

    D. 对一些紧俏物资，如果能够买断对方的生产线，就可以既能保证生产供应，同时也能享受到一定的采购优惠

26. 存货储存环节的管理方法主要有（　　　　）。

    A. 认真进行存货的清查　　　　　B. 存货的归口分级管理

    C. 采用挂签制度管理　　　　　　D. 合理确定存货的计价

判断题

1. 所谓流动资产是指只能在一年内变现或耗用的资产。　　　　　　　　　（　　）

2. 流动资产完成一次循环的时间与生产经营周期并非完全一致。　　　　　（　　）

3. 按资产在生产经营活动过程中的作用分类，可以用来计算流动资产需要量和分析流动资产周转的情况，有利于企业财务上合理组织生产经营活动中流动资金的供应和管理。

    　　　　　　　　　　　　　　　　　　　　　　　　　　　　　　（　　）

4. 现金的投机性需要是指持有现金以应付意外事件对现金的需求。　　　　（　　）

5. 现金余缺是指计划期现金期末余额与最佳现金余额（又称理想现金余额）相比后的差额。　　　　　　　　　　　　　　　　　　　　　　　　　　　　　　　（　　）

6. 如果期末现金余额大于最佳现金余额，则说明现金短缺，应进行筹资予以补足。

    　　　　　　　　　　　　　　　　　　　　　　　　　　　　　　（　　）

7. 一般情况下，现金持有额越大，机会成本越高。　　　　　　　　　　　（　　）

8. 管理成本是一种相对固定的成本，与现金持有量之间成正比例关系。　　（　　）

9. 现金的机会成本是指企业因缺乏必要的现金储备，不能应付经营业务活动开支所需要，而使企业蒙受损失或者为此付出的代价。　　　　　　　　　　　　　　　（　　）

10. 周转期法是根据现金周转期和计划期每日现金需求量两个因素来确定合理现金持有量的方法。　　　　　　　　　　　　　　　　　　　　　　　　　　　　　（　　）

11. 现金周转期 = 存货周转期 + 应付账款周转期 - 应收账款周转期。　　（　　）

12. 预算期的现金流入额和期末现金余额合在一起，称为预算期可动用的现金总额。

    　　　　　　　　　　　　　　　　　　　　　　　　　　　　　　（　　）

13. 在现金管理中，要实行账、钱、章、证分管的原则，管钱的不管账，管账的不管钱，使出纳人员和会计人员职责分开，相互牵制，相互监督。　　　　　　　　（　　）

14. 坏账成本一般与应收账款发生的数量成反比，即应收账款越多，坏账成本也会越大。　　　　　　　　　　　　　　　　　　　　　　　　　　　　　　　　（　　）

15. 信用期的确定，主要的方法是分析改变现行信用期对收入和成本所带来的影响。

         （　　）

16. 企业信用标准通常以预期的坏账损失率来确定是采用较宽的标准还是采用较严的标准。

         （　　）

17. 确认存货内容的主要标准是看企业是否拥有该项物资的产权（也或法定产权）。

         （　　）

18. 经济批量是一定时期内存货的管理成本和订货成本总和最低的采购批量。　（　　）

填空题

1. 所谓流动资产是指可以在一年或者超过一年的一个营业周期内_____或_____的资产。

2. 按资产在生产经营活动过程中的作用分类可分为_____和_____。

3. 按资产是否容易变现分类可分为_____和_____。

4. 现金收支计划是对未来一定时期企业现金的_____及_____所做的预先安排。

5. 应收账款的好处主要有_____和_____。

6. 应收账款的成本主要有_____、_____和_____。

7. 企业在制定应收账款政策时，主要确定_____、_____和_____几方面的政策。

8. "5C 评估法"是指重点分析影响信用的五个方面的一种方法。这五个方面是：_____、_____、_____、_____和_____。

9. 确认存货内容的主要标准是看企业是否拥有该项物资的_____。

10. 存货的取得成本是指企业为取得某种存货而支出的成本。由_____和_____构成。

11. 经济批量是一定时期内存货的_____和_____总和最低的采购批量。

简答题

1. 请简述流动资产的主要特点。

2. 请简述企业现金管理的主要内容。

3. 为了使现金能安全、合理地流出企业，财务人员应做好哪几方面工作？

4. 企业财务人员要管好用好现金，应特别关注哪些经济信息？

5. 为什么要确定合理的现金余额？怎样确定？

6. 从应收账款的好处看怎样做才能既增加销售又能及时收回货款。

7. 请简述企业如何制定应收账款的政策。

8. 收账管理主要做好哪几方面的工作？

9. 从存货的成本构成分析如何才能降低存货成本，减少存货的资金占用。

10. 存货归口分级管理的基本做法是怎样的？

計算分析題

1. 某公司的资本收益率为12%, 现有四种现金持有方案如表3-1所示。

表3-1

项目 \ 方案	甲	乙	丙	丁
现金持有量（元）	62 500	125 000	187 500	250 000
管理成本（元）	30 000	30 000	30 000	30 000
短缺成本（元）	40 000	15 500	3 500	0
机会成本（元）				
总成本（元）				

要求：根据表3-1中已有资料：

（1）将表3-1中空缺数据补充完整。

（2）根据计算结果确定最佳方案并简要说明。

2. 某企业2009年年末库存现金余额1 000元，银行存款余额2 000元，其他货币资金1 000元；应收账款余额1万元，应付账款余额5 000元；预计2010年第一季度末保留现金余额2 500元；预期2010年一季度发生下列业务：

（1）实现销售收入3万元，其中1万元为赊销，货款尚未收回；

（2）实现材料销售1 000元，款已收到并存入银行；

（3）采购材料2万元，其中1万元为赊购；

（4）支付前期应付账款5 000元；

（5）解缴税款6 000元；

（6）收回上年应收账款8 000元。

要求：编制现金收支计划表（见表3-2）。

表 3 - 2   现 金 收 支 计 划

_____年_____月   单位：元

序号	现金收支项目	上月实际	本季计划
1	（一）现金收入		
2	1. 营业现金收入		
3	现销和当月应收账款的收回		
4	以前月份应收账款的收回		
5	营业现金收入合计		
6	2. 其他现金收入		
7	固定资产变价收入		
8	租金收入		
9	利息收入		
10	股利收入		
11	其他现金收入合计		
12	3. 现金收入合计（3 = 1 + 2）		
13	（二）现金支出		
14	4. 营业现金支出		
15	材料采购支出		
16	其中：当月支付的采购材料支出		
17	本月付款的以前月份采购材料支出		
18	工资支出		
19	管理费用支出		
20	销售费用支出		
21	财务费用支出		
22	营业现金支出合计		
23	5. 其他现金支出		
24	厂房、设备投资支出		
25	税款支出		
26	利息支出		
27	归还债务		
28	股利支出		
29	证券投资		
30	其他现金支出合计		
31	6. 现金支出合计（6 = 4 + 5）		
32	（三）净现金流量		
33	7. 现金收入减现金支出（7 = 3 - 6）		
34	（四）现金余缺		
35	8. 期初现金余额		
36	9. 净现金流量		
37	10. 期末现金余额（10 = 8 + 9 = 8 + 3 - 6）		
38	11. 最佳现金余额		
39	12. 现金多余或短缺（12 = 10 - 11）		

3. 某公司全年现金需要量为 50 万元，存货平均周转期为 70 天，应付账款平均付款期为 60 天，应收账款平均收款期为 40 天。计算公司的最佳现金持有量。

4. 某公司全年需要 A 零件 2 400 件，每次的订货成本为 900 元，每件的年储存成本为 10 元。

要求：在表 3 - 3 中采用逐批测试法计算公司的 A 零件存货最佳经济订货批量并简要说明。

表 3 - 3   经济批量逐批测试表（全年需要量 2 400 件）

项　目	各种批量					
订货批数（批）	1	2	3	4	5	6
平均存量（件）						
订购批量（件）						
年储存成本（元）						
年订货成本（元）						
年总成本合计（元）						

5. 社会实践要求：请同学们就近选择一个小型商业企业，了解现金和应收账款管理的具体做法。再选择一个小型工业企业，了解存货管理的具体做法。通过以上的社会实践学习并联系课堂所学知识，进一步加深对流动资产的基本理论和管理的基本方法等知识的理解和认识。

第 四 章

固定资产和无形资产管理

 名词解释

1. 固定资产

2. 无形资产

3. 固定资产需要量预测

4. 查定法

5. 计划年度总产量

6. 基年

7. 固定资产占用率法

8. 固定资产归口分级管理

9. 固定资产的有形损耗和无形损耗

10. 固定资产折旧

11. 固定资产折旧率

12. 财务控制

13. 固定资产租赁

14. 经营租赁

15. 融资租赁

16. 专利权与专有技术

17. 商誉

 单项选择题

1. 固定资产可以在许多个生产经营周期发挥作用，直到报废清理，其（ ）基本保持不变。
    A. 原有价值   B. 实物形态
    C. 原有生产效率   D. 原有生产精度
2. 下列各项中，应包括在资产负债表"固定资产原价"项目内的是（ ）。
    A. 经营租入固定资产   B. 经营租出固定资产
    C. 尚未清理完毕的固定资产   D. 待安装固定资产
3. 下列各项中，不属于固定资产的是（ ）。
    A. 价值较高的测量仪器   B. 使用期限超过1年的房屋
    C. 贵重金属配件   D. 现金
4. 按照现行会计制度规定，企业的不属于生产经营主要设备的物品，列作固定资产的

条件是（　　）。

    A. 单位价值在 1 000 元以上，并且使用期限在 1 年以上

    B. 单位价值在 1 000 元以上，并且使用期限超过 2 年

    C. 单位价值在 2 000 元以上，并且使用期限在 1 年以上

    D. 单位价值在 2 000 元以上，并且使用期限超过 2 年

5. 固定资产的特征不包括的是（　　）。

    A. 为生产商品、提供劳务而持有的

    B. 为出租或经营管理而持有的

    C. 单位价值较高

    D. 使用寿命超过一个会计年度

6. 固定资产投资的回收期限越长，市场需要的变化越大，投资的风险也就越高，固定资产投资风险较高，相应的其收益能力也（　　）。

    A. 较强   B. 较弱

    C. 不变   D. 无法确定

7. 固定资产占用率法是直接计算固定资产需要的（　　）。

    A. 价值量   B. 实物量

    C. 价值量和实物量   D. 单台设备年生产能力

8. 企业提取固定资产折旧，为固定资产更新准备现金，这实际上反映了固定资产的（　　）特点。

    A. 专用性强   B. 收益能力强，风险较大

    C. 价值双重存在   D. 技术含量高

9. 现行制度规定，以下哪种情况不能计提折旧（　　）。

    A. 企业闲置的房屋和建筑物   B. 在用的机器设备

    C. 工具器具   D. 不需用的固定资产

10. 下列确定计提固定资产折旧的时间哪个正确（　　）。

    A. 当月增加的固定资产，当月计提折旧；当月减少的固定资产，当月照提折旧，从下月起不再计提折旧

    B. 当月增加的固定资产，当月不提折旧，从下月起提折旧；当月减少的固定资产，当月照提折旧，从下月起不再计提折旧

    C. 当月增加的固定资产，当月不提折旧，从下月起提折旧；当月减少的固定资产，当月不计提折旧，从下月起计提折旧

    D. 当月增加的固定资产，当月计提折旧；当月减少的固定资产，当月不计提折旧，从下月起计提折旧

11. 企业计提固定资产折旧一般采用（　　）。

    A. 平均年限法   B. 加速折旧法

    C. 工作量法   D. 双倍余额递减法

12. 企业专业车队的客、货运汽车，大型设备，可以采用（　　）计提折旧。

    A. 平均年限法   B. 年数总和法

    C. 工作量法   D. 双倍余额递减法

13. 下列关于固定资产租赁的说法不正确的是（　　）。

　　A. 分为经营租赁和融资租赁两种基本形式

　　B. 经营租赁通常为长期租赁，主要解决承租企业在生产建设中一些临时需要的设备

　　C. 租赁期满，承租人一般将租赁物退回给出租者

　　D. 融资租入固定资产是以分期或者延期付款方式买入该项固定资产的一种租赁形式

14. 经营租赁是（　　）。

　　A. 长期租赁

　　B. 转移被租赁的资产所有权

　　C. 主要解决承租企业在生产建设中一些临时需要的设备

　　D. 租赁期届满后，承租人有退租或续租的选择权，且存在优惠购买选择权

15. 按照国际惯例，租赁期超过租赁资产经济寿命的（　　），即为融资租赁。

　　A. 75%以上　　　　　　　　　　B. 80%以上

　　C. 50%以上　　　　　　　　　　D. 90%以上

16. 以下不属于无形资产的是（　　）。

　　A. 专利权　　　　　　　　　　　B. 著作权

　　C. 土地使用权　　　　　　　　　D. 厂房

17. 关于无形资产的特点，以下描述不正确的是（　　）。

　　A. 非实体性，无形资产的使用价值是看不见摸不着的，并且不能被人体直接感触，其存在是以隐形形式体现的

　　B. 独占性，无形资产往往是由所有者主体占有，别人不能无偿分享

　　C. 不确定性，是指无形资产是不确定的资产

　　D. 非流动性，无形资产能在较长的时期内为企业服务，为企业提供经济利益，变现能力较弱，是一种非货币性的长期资产

18. 以下关于无形资产的计价方法错误的是（　　）。

　　A. 成本计价　　　　　　　　　　B. 个人定价

　　C. 效益计价　　　　　　　　　　D. 行业对比计价

19. 能够给企业带来经济效益，并且企业为此作了（　　）的专利，才作为无形资产管理。

　　A. 计价　　　　　　　　　　　　B. 支出

　　C. 申请　　　　　　　　　　　　D. 研究

20. 专利权允许其持有者独家使用或控制，它（　　）能给持有者带来经济效益。

　　A. 一定　　　　　　　　　　　　B. 不一定

　　C. 保证　　　　　　　　　　　　D. 肯定

21. 无形资产的计价方法中最基本的一项计价方法是（　　）。

　　A. 成本计价　　　　　　　　　　B. 技术寿命计价

　　C. 效益计价　　　　　　　　　　D. 行业对比计价

22. 对技术性强或其经济效力主要是由技术寿命决定的无形资产，可以以（　　）作为计价方法。

　　A. 成本计价　　　　　　　　　　B. 技术寿命计价

C. 效益计价 D. 行业对比计价

23. 无形资产最基本的特点是（　　　）。

    A. 非实体性 B. 独占性

    C. 不确定性 D. 非流动性

24. 按照现行制度的规定，企业的无形资产应当采用（　　　）进行摊销。

    A. 直线法 B. 加速法

    C. 一次摊销法 D. 工作量法

 多项选择题

1. 以下关于固定资产的论述，正确的有（　　　　）。

    A. 是企业为生产或经营商品、提供劳务、出租、或经营管理而持有的

    B. 价值较高的测量仪器、通讯设备和贵重金属配件也属于固定资产

    C. 使用寿命超过一年，达到规定价值以上的有形资产

    D. 为出售而持有的资产

2. 固定资产的特征有（　　　　）。

    A. 使用期限长 B. 投资风险低

    C. 集中投资、分期收回 D. 使用价值和价值双重存在

3. 固定资产管理的目标是（　　　　）。

    A. 确保安全完整 B. 提高使用效率

    C. 减少意外风险 D. 增加企业收入

4. 固定资产的管理要求（　　　　）。

    A. 充分发挥固定资产的使用效率

    B. 实行实物负责制，切实加强固定资产的实物管理

    C. 正确计提固定资产折旧

    D. 切实保全固定资产的完好无缺

5. 企业必须做好的固定资产管理的各项基础工作包括（　　　　）。

    A. 制定目录、明确管理范围 B. 维修保养、建立健全账卡

    C. 及时反映增减和结存情况 D. 定期清查盘点

6. 正确预测固定资产需要量的作用（　　　　）。

    A. 有利于确定企业固定资产的投资规模和投资方向，保证企业有稳定的生产经营条件

    B. 有利于企业管理者取得组织、指挥生产经营的主动权

    C. 有利于把握公司问题，及时处理各种情况

    D. 也有利于财务等管理部门预先进行资金和物资等方面准备，是固定资产管理的一项基础工作

7. 固定资产需要量预测的常用方法有（　　　　）。

    A. 查定法 B. 固定资产占用率法

    C. 量、本、利分析法 D. 回归分析法

8. 查定法是（　　　　）。

   A. 先确定固定资产需要实物量

   B. 再确定固定资产需要的价值量

   C. 直接计算固定资产需要的价值量

   D. 一般只适用于经营任务和经营条件变化不大的企业

9. 固定资产归口分级管理主要包括（　　　　）。

   A. 固定资产归口管理

   B. 建立健全固定资产实物变动的手续制度

   C. 建立健全固定资产卡片制度

   D. 固定资产分级管理

10. 固定资产管理的基础工作是（　　　　）。

   A. 定期清查盘点固定资产

   B. 建立健全固定资产实物变动的手续制度

   C. 建立健全固定资产卡片制度

   D. 督促固定资产实物管理部门注重定期维护保养工作，确保固定资产完好率

11. 固定资产的有形损耗是指（　　　　）。

   A. 固定资产由于使用而发生的磨损

   B. 由于科技发展出现了效率更好的替代设备，原有的设备遭到淘汰的损失

   C. 运转摩擦、负荷和腐蚀等原因造成的损耗

   D. 在计算固定资产折旧时只须考虑有形损耗

12. 计提折旧上要把握好（　　　　）方面工作。

   A. 按照制度规定的范围计提折旧　　　B. 正确确定计提固定资产折旧的时间

   C. 合理确定固定资产的折旧方法　　　D. 加强财务部门对固定资产的控制

13. 企业的下列固定资产中，应计提折旧的有（　　　　）。

   A. 经营租入的设备　　　　　　　　　B. 融资租入的设备

   C. 闲置的房屋　　　　　　　　　　　D. 大修理停用转入在建工程的设备

14. 下列固定资产中，不需要计提折旧的有（　　　　）。

   A. 单独计价入账的土地

   B. 已提足折旧继续使用的固定资产

   C. 以经营租赁方式租出的设备

   D. 以经营租赁方式租入的设备

15. 固定资产的折旧方法有（　　　　）。

   A. 平均年限法　　　　　　　　　　　B. 工作量法

   C. 双倍余额递减法　　　　　　　　　D. 年数总和法

16. 可以采用双倍余额递减法或年数总和法计提折旧的有（　　　　）。

   A. 企业专业车队的客、货运汽车，大型设备

   B. 国民经济中具有重要地位、技术进步快的电子生产企业、船舶工业企业、生产"母机"的机械企业、飞机制造企业和化工生产企业

   C. 特殊行业的企业

D. 国民经济中具有重要地位、技术进步快的医药生产企业

17. 在对固定资产的控制上，财务部门应做好（　　　　）工作。

    A. 企业在增加固定资产时，要参加验收

    B. 在减少固定资产时，要参加办理移交

    C. 对报废的固定资产，要参加鉴定清理

    D. 清查固定资产，要到现场查点实物

18. 关于固定资产租赁描述正确的有（　　　　）。

    A. 固定资产租赁是指在约定的期间内，出租人将固定资产所有权让与承租人，以获取租金的经济行为

    B. 租赁是资金不足而又急需某种设备的企业筹集资金的一种特殊方式，是一条有效的筹资渠道

    C. 租赁是一种通过"融物"的形式来达到"融资"的目的

    D. 通过租赁活动，出租人与承租人之间形成了一种围绕租赁物品而形成的债权债务关系

19. 融资租赁的特点有（　　　　）。

    A. 出租方负责对租赁物的维修和保养

    B. 如果租赁期届满，租赁资产的所有权转移给承租人

    C. 主要解决承租企业在生产建设中一些临时需要的设备

    D. 租赁期限长，租赁期超过租赁资产经济寿命的 75% 以上

20. 以下各项中，是无形资产的有（　　　　）。

    A. 专利权、非专利技术　　　　　B. 商标权

    C. 著作权　　　　　　　　　　　D. 土地使用权

    E. 商誉

21. 无形资产的特点是（　　　　）。

    A. 非实体性　　　　　　　　　　B. 非独占性

    C. 流动性　　　　　　　　　　　D. 不确定性

22. 专有技术同专利权的区别是（　　　　）。

    A. 专利权是保密的，而专有技术则要向社会公开技术内容

    B. 专利权在法定期限内，受法律保护

    C. 专利权在法律保护上是有期限的，而专有技术则不存在保护期限的问题，只要未被他人所知，就可以无期限的使用

    D. 专有技术虽然未经专利保护，但是由于拥有无法替代的技术秘密，并已经形成公认的价值，可以列为无形资产管理

23. 无形资产的管理要求包括（　　　　）。

    A. 正确认识无形资产的收益与风险

    B. 正确进行无形资产计价

    C. 合理进行无形资产摊销

    D. 充分发挥无形资产的效能，不断提高其使用效益

    E. 保护和发展无形资产

24. 无形资产的计价方法有（　　　　　）。

    A. 成本计价   B. 技术寿命计价

    C. 效益计价   D. 行业对比计价

    E. 协商计价

25. 自行开发的无形资产，实际成本包括（　　　　　）。

    A. 依法取得时的注册费

    B. 研发过程中发生的材料费用

    C. 直接参与开发人员的工资及福利费

    D. 开发过程中发生的租金、借款费用等

    E. 依法取得时的聘请律师等费用

26. 无形资产摊销年限可以按（　　　　　）原则确定。

    A. 合同规定受益年限但法律没有规定有效年限的摊销期不应超过合同规定的受益年限

    B. 合同没有规定受益年限，但法律规定有效年限的摊销期不应超过法律规定的有效年限

    C. 合同规定了受益年限，法律也规定了有效年限的，摊销期不应少于受益年限和有效年限两者之中较短者

    D. 如果合同没有规定受益年限，法律也没有规定有效年限的，摊销期不应少于10年

    E. 无形资产应当自取得当月起，在预计使用年限内分期平均摊销，计入损益

判断题

1. 固定资产使用期限长，占用资金少。（　　）

2. 固定资产可以在许多个生产经营周期发挥作用，直到报废清理，其实物形态基本保持不变。（　　）

3. 固定资产的投资回收则是通过按月计提折旧的方式逐渐完成的。（　　）

4. 实物负责制是从根本上保证固定资产实物运行状况良好、运行效率不断提高并确保固定资产安全完整的一种行之有效的制度。（　　）

5. 固定资产占用率法直接计算固定资产需要的实物量。（　　）

6. 企业应不定期对固定资产进行清查盘点，明确固定资产清查的范围、期限和组织程序。（　　）

7. 固定资产的损耗，无论属于有形损耗还是无形损耗，在计算其折旧时都不必须加以考虑。（　　）

8. 以融资租赁方式租出的固定资产等可以计提折旧。（　　）

9. 管好固定资产的首要环节，是在固定资产增加时要严格把好验收关。（　　）

10. 通过租赁，租用企业等于筹集了资金，购买了设备。（　　）

11. 固定资产租赁的形式，通常可以按性质分为经营租赁和设备租赁两种类型。（　　）

12. 租赁期满，承租人一般将租赁物退回给出租者。 （　　）

13. 租赁期超过租赁资产经济寿命的 80% 以上，即为融资租赁。 （　　）

14. 在使用中，无形资产不仅存在无形损耗，而且存在有形损耗。 （　　）

15. 根据现行制度规定，企业的无形资产在取得时，应按实际成本计价。 （　　）

填空题

1. 不属于生产经营主要设备的物品，单位价值在＿＿＿＿元以上，并且使用期限超过＿＿＿＿年的，也应作为固定资产。

2. 固定资产管理的目标就是＿＿＿＿和＿＿＿＿。

3. 企业只有做到对现有固定资产的＿＿＿＿、＿＿＿＿和＿＿＿＿"三清"基础上，才能正确核定各类固定资产的合理需要量。

4. 预测生产设备需要量常用的预测方法有＿＿＿＿和＿＿＿＿两种。

5. 固定资产的有形损耗是指固定资产由于使用而发生的磨损，包括＿＿＿＿、＿＿＿＿和＿＿＿＿等原因造成的损耗。

6. 通过租赁活动，出租人与承租人之间形成了一种围绕租赁物品而形成的＿＿＿＿关系。

7. 一般情况下，融资租赁交易活动要由＿＿＿＿、＿＿＿＿和＿＿＿＿三方参与组成，三方要签署租赁合同和购买合同。

8. 无形资产的特点有：＿＿＿＿、＿＿＿＿、＿＿＿＿和＿＿＿＿。

9. 无形资产应当自取得＿＿＿＿起，在预计使用年限内分期平均摊销，计入损益。

10. 无形资产的摊销方法主要有：＿＿＿＿、＿＿＿＿。

简述题

1. 简述固定资产的特点及管理要求。

2. 简述固定资产需要量预测的基本程序。

3. 固定资产清查包括哪几个工作？

4. 固定资产需要量预测的常用方法有哪些？

5. 查定法的基本步骤和方法是什么?

6. 比较查定法和固定资产占用率法的区别。

7. 固定资产的日常管理具体包括哪几个方面?

8. 固定资产归口分级管理包括哪方面的内容？

9. 计提折旧上要把握好哪些方面工作？

10. 简述固定资产租赁的基本形式。

11. 简述经营租赁和融资租赁的特点。

12. 列表比较经营租赁和融资租赁的区别。

13. 简述企业无形资产的特点及种类。

14. 商标权的特点是什么？

15. 简述专有技术同专利权的区别。

16. 简述无形资产的计价方法。

1. 某企业现有生产设备 321 台，××年计划年度全年制度工作天数为 251 天（365 减去法定节假日 114 天），全年生产设备计划检修停工 5 天，每日实行两班制，每班制度工作时间为 7.5 小时。计划年度内企业准备利用上述设备同时生产 A1、A2、A3 三种同类产品，其他有关资料如表 4 – 1 所示。

表 4 – 1

产品名称	计划产量（套）	单位产品定额（台时）	定额台时系数%
A1	3 000	160	91
A2	1 000	140	95
A3	6 000	110	98

要求：根据上述资料测算设备需要量并简要说明。

（1）计划生产任务总台时数 =

（2）单台设备全年有效台时数 =

（3）全部实有设备全年有效台时数 =

（4）设备负荷系数 =

（5）完成计划任务设备需要量 =

（6）设备多余（＋）或不足（－）台数 =

2. 某企业新增加一项即将投入使用的固定资产，价值 72 万元，预计使用年限 5 年，预计残值 3 万元。

要求：

（1）根据资料采用平均年限法确定：

该项固定资产的年折旧率 =

该项固定资产的月折旧率 =

该项固定资产的月折旧额 =

（2）要求：采用双倍余额递减法计算该项固定资产每年的折旧额（见表4－2）。

表 4－2　　　　　　　　　　　　　折旧额计算表

年份	年初账面净值	折旧率	折旧额	累计折旧额
1				
2				
3				
4				
5				

双倍余额递减法前三年折旧率 =

后两年直线法年折旧额 =

（3）要求：采用年数总和法计算该项固定资产每年的折旧额如表 4－3 所示。

表 4－3　　　　　　　　　　　　　折旧额计算表

年份	原值－净残值	尚可使用年数	折旧率	折旧额	累计折旧额
1					
2					
3					
4					
5					

（4）要求：根据以上计算，分析比较上述三种方法的异同。

3. 掩卷思考：如何进行固定资产和无形资产的投资与管理？

在教材中，我们看到学生王强临毕业前下了要创业的决心。他想从小型工业加工行业做起。需要同学分析思考的是：

（1）王强应如何确定固定资产的投资规模？采用什么方法来确定？

（2）王强如何对购入以后的固定资产加强管理？会采用何种折旧方法？

（3）如果王强的小型工业加工企业中应用了一种先进的专有技术，王强应如何对专有技术进行计价，在管理的过程中应注意什么问题？

不妨理理思路，为将来的创业做好准备哦！

第 五 章

营业收入的管理

名词解释

1. 营业收入

2. 销售折让

3. 现金折扣

4. 营业收入预测

5. 定量预测法

6. 量、本、利预测法

7. 趋势预测分析法

8. 量、本、利预测法

9. 定性预测

10. 目标利润定价法

单项选择题

1. 收入是指企业在销售商品、提供劳务及让渡资产使用权等日常活动中形成的（　　）的总流入。

    A. 货币资金   B. 机器设备

    C. 经济利益   D. 各种财产

2. 按经营业务的主次分为（　　）和其他业务收入。

    A. 财产收入   B. 主营业务收入

C. 商品销售收入   D. 劳务收入

3. 在市场经济条件下，企业的生存保障与发展目标完全维系于（   ）。

    A. 营业收入   B. 资金的筹集量

    C. 经理   D. 职工

4. 企业能否实现利润以及实现多少利润是以一定数额的（   ）为基础的。

    A. 产品产量   B. 生产设备数量

    C. 资本   D. 营业收入

5. 在企业的商品销售中，（   ），是收入确认的一个重要前提。

    A. 销售的商品是否已被提走   B. 销售的商品质量是否合格

    C. 销售的价款能否有把握收回   D. 销售的价款已收到

6. 现行财务制度对现金折扣规定按（   ）处理。

    A. 全价法   B. 折现法

    C. 净价法   D. 现值法

多项选择题

1. 收入是指企业在销售商品、提供劳务及让渡资产使用权等日常活动中形成的经济利益的总流入，包括：（   ）等。

    A. 商品销售收入   B. 劳务收入

    C. 使用费收入   D. 租金收入

2. 收入按形成的原因分为（   ）等。

    A. 商品销售收入   B. 提供劳务收入

    C. 投资收入   D. 资产使用费收入

3. 在实践中，区分主营业务收入和其他业务收入是以收入的（   ）及其在营业收入总体中（   ）作为标准的。

    A. 稳定性   B. 重要性

    C. 类别   D. 所占的比重结构

4. 确认商品销售收入实现的具体标准应该包括（   ）。

    A. 企业已将商品所有权上的主要风险和报酬转移给了购买方

    B. 企业没有保留这些商品的继续管理权，也没有对已售出的商品实施控制权

    C. 销售商品带来的销售收入已经流入或将来能够流入企业

    D. 与销售相关的收入和成本能够可靠计量

5. 营业收入管理的基本要求包括（   ）。

    A. 合理地制定商品销售价格

    B. 及时地发运所销售的商品

    C. 正确地进行营业收入的预测分析

    D. 有效地进行营业收入的日常控制

6. 营业收入预测的方法有（   ）两类。

A. 定性预测   B. 趋势预测

C. 量、本、利预测法   D. 定量预测

7. 营业收入定量预测法常用的有（　　　　　）。

    A. 市场调查法   B. 趋势预测分析法

    C. 量本利预测   D. 算术平均数法

8. 市场调查具体方法有很多，常用的主要有（　　　　　）。

    A. 抽样询问法   B. 实验法

    C. 意见综合法   D. 数学模型法

9. 企业营业收入的日常管理内容主要包括（　　　　　）。

    A. 产品定价的管理   B. 销售人员管理

    C. 销售合同管理   D. 应收账款的管理

10. 成本加成定价法考虑的定价因素有（　　　　　）。

    A. 产品售价   B. 单位产品制造成本

    C. 单位产品目标利润   D. 单位产品应负担的期间费用

▼ **判断题**

1. 收入也包括企业在日常活动中代收的各种款项。　　　　　（　　）

2. 按收入形成的原因分为：商品销售收入、提供劳务收入、资产使用费收入等。

（　　）

3. 主营业务收入与其他业务收入的划分是相对而言的。某项收入在这些企业里是主营业务收入，而在另外一些企业里可能就是其他业务收入。　　　　　（　　）

4. 在市场经济条件下，企业的生存保障与发展目标完全维系于企业的资金筹集量。

（　　）

5. 营业收入是企业生产营业目标实现程度的重要标志，是企业生产经营状况的"晴雨表"。　　　　　（　　）

6. 企业能否实现利润以及实现多少利润是以企业的规模为基础的。　　（　　）

7. 只要经济利益很可能流入企业，就可以确认营业收入的实现。　　（　　）

8. 企业必须不断的取得营业收入，才能补偿在生产经营过程中发生的投入和耗费，才能使下一期的生产经营活动能继续进行下去。　　　　　（　　）

9. 销售商品的价款能否有把握地收回，是收入确认的一个重要前提。　（　　）

10. 销售折让是为了鼓励购买者在一定期限内早日偿还货款的一种方法。现金折扣，是指因商品质量或品种不符合规定要求，而给予价格上的降价事项。　　（　　）

11. 现行财务制度规定对现金折扣按全价法处理。　　　　　（　　）

12. 营业收入定性预测法常用的有趋势预测分析法和量本利预测法。　（　　）

13. 成本加成定价法基本公式为：产品售价＝单位产品制造成本＋单位产品应负担的期间费用＋单位产品目标利润。　　　　　（　　）

14. 销货合同是卖方与买方之间进行商品销售活动而签订的具有法律效力的契约或协

议。 ( )

1. 收入是指企业在_____、_____及让渡_____等日常活动中形成的经济利益的总流入。

2. 按收入形成的原因分为_____、_____、_____等。

3. 收入按经营业务的主次分为_____和_____。

4. 主营业务收入与其他业务收入的划分是_____的。某项收入在这些企业里是_____，而在另外一些企业里可能就是_____。

5. 在实践中，判定主营业务和其他业务是以收入的_____及其在营业收入总体中_____作为标准的。

6. 企业能否实现利润以及实现多少利润也是以一定数额的_____为基础的。

7. 企业必须不断的获得营业收入，才能补偿在生产经营过程中发生的_____和_____，才能使_____生产经营活动能继续进行下去。

8. 只有在经济利益很可能_____，从而导致企业_____增加或_____减少、且经济利益的_____时才能予以确认营业收入实现。

9. 销售商品的价款_____，是收入确认的一个重要前提。

10. 现金折扣是为了鼓励购买者在一定期限内早日_____的一种方法。因商品质量或品种不符合规定要求，而给予价格上的降价事项，称为_____。

11. _____是决定营业收入的一个重要因素，也是营业收入管理中的_____。

12. 营业收入预测的方法有两类，一类是_____，另一类是_____。

13. 营业收入定量预测常用的有_____和_____。

14. 市场调查具体方法有很多，常用的主要有_____、_____和_____。

15. 销货合同是_____与_____之间进行_____活动而签订的具有法律效力的契约或协议。

简述题

1. 企业的收入是如何分类的？

2. 企业的营业收入具有哪些方面的作用？

3. 确认营业收入应遵守哪些原则？

4. 简述营业收入根据具体情况确认的办法。

5. 营业收入管理的要求有哪些方面？

6. 简述企业营业收入的日常管理内容。

7. 企业销售管理的主要工作有哪些？

8. 企业应如何加强应收账款管理，加速货款的回笼？

 计算分析题

1. 宏达公司自 2006—2010 年连续五年的营业收入如表 5 – 1 所示。

表 5 – 1

年　　份	2006	2007	2008	2009	2010
营业收入（万元）	450	540	690	750	840

要求：根据这些资料：

（1）采用简单算术平均法测算营业收入；

（2）采用加权算术平均法测算营业收入；依资料假定这五年的权数分别为 0.1、0.2、0.3、0.4、0.5。

2. 星光厂生产 A 产品，固定成本总额为 200 万元，单位变动成本为 450 元，预计单价为 750 元，单位产品销售税率为 5%。2011 年的目标销售利润总额为 300 万元。要求根据量、本、利预测法，预测 2011 年的营业收入。

3. 益新厂甲产品的单位产品制造成本为 450 元，期间费用率为 7%，销售收入利润率为 25%。根据成本加成定价法确定甲产品单位售价。

第 六 章

利 润 管 理

1. 利润

2. 营业利润

3. 利润总额

4. 净利润

5. 盈亏平衡点

6. 边际贡献

7. 边际贡献率

8. 利润分配

9. 剩余股利政策

10. 固定或稳定增长的股利政策

11. 固定股利支付率政策

12. 现金股利

13. 财产股利

14. 负债股利

15. 股票股利

 **单项选择题**

1. 利润是指企业在一定期间的（　　　）。
   A. 收入
   B. 利得
   C. 销售成果
   D. 经营成果

2. 营业收入是指企业在（　　）中形成的、会导致所有者权益增加、与所有者投入资本无关的经济利益的总流入。
   A. 劳务活动
   B. 日常活动
   C. 生产活动
   D. 非日常活动

3. 营业费用、管理费用和财务费用统称为期间费用，直接计入（　　　）。
   A. 当期损益
   B. 产品的生产成本
   C. 营业成本
   D. 商品销售成本

4. 营业外收入和营业外支出是指企业（　　　）中发生的与其生产经营活动没有直接关系的各项收入和各项支出。
   A. 经营活动
   B. 生产活动
   C. 非日常活动
   D. 日常活动

5. 要想调动广大职工的积极性，保证目标利润的实现，就要建立（　　　）。
   A. 成本管理制度
   B. 收入核算制度

C. 产品质量管理责任制   D. 利润目标管理责任制

6. 固定成本是指在一定条件下（　　　）产量或业务量变化而变化的成本总额。
   A. 随着   B. 不随
   C. 不一定随着   D. 不一定不随

多项选择题

1. 企业利润的表现形式不是一种指标，它可以根据包括的内容不同，表现为以下（　　　）几种不同形式。
   A. 营业利润   B. 生产利润
   C. 利润总额   D. 净利润

2. 销售费用是指企业在销售商品过程中发生的费用，以下费用中可计入销售费用的有（　　　）。
   A. 销售商品的成本   B. 商品广告费
   C. 专设销售机构的经费   D. 商品包装费、运输费

3. 管理费用是指企业为组织和管理企业生产经营所发生的管理费用，以下费用中可计入销售费用的有（　　　）。
   A. 行政管理部门职工工资   B. 业务招待费
   C. 房产税   D. 存货盘盈

4. （　　　）统称为期间费用，直接计入当期损益。
   A. 管理费用   B. 财务费用
   C. 营业费用   D. 生产费用

5. 利润总额是指企业一定期间所实现的全部利润总数，也称税前利润。是由（　　　）项目构成。
   A. 营业利润   B. 营业外收入
   C. 净利润   D. 营业外支出

6. 企业利润管理的要求主要体现在（　　　）三个方面。
   A. 采取一切有利于增加利润的手段，扩大盈利能力
   B. 遵循正确的盈利理念，努力增加合理利润
   C. 实行利润目标分管制，强化目标利润管理
   D. 严格执行有关财经法规，正确进行利润分配

7. 运用量本利分析法预测企业利润，关键是要解决（　　　）之间的关系。
   A. 成本   B. 供应
   C. 生产   D. 销售量

8. 成本性态是指（　　　）之间在数量上的依存关系。
   A. 特定业务量   B. 成本总额
   C. 特定价值量   D. 成本结构

9. 全部成本按其性态可分（　　　）两大类。

A. 生产成本   B. 固定成本

C. 变动成本   D. 销售成本

10. 变动成本是指在一定条件下，其总额随（　　　　　）的变化而变化的那部分成本。

A. 价格   B. 产量

C. 时间   D. 业务量

11. 组织企业利润分配应该遵循（　　　　）原则。

A. 依法分配   B. 兼顾各方面利益

C. 分配与积累并重   D. 投资与收益对等

12. 公司税后利润分配的内容有（　　　）。

A. 提取盈余公积金   B. 弥补企业以前年度亏损

C. 向股东（投资者）分配股利（利润）   D. 前三项都不是

13. 常见股利支付方式有（　　　　）。

A. 现金股利   B. 股票股利

C. 负债股利   D. 财产股利

判断题

1. 利润是指企业在一定期间的生产成果，是企业最终的财务成果。（　　）

2. 从数量关系上看，利润主要包括收入减去费用后的净额，再加上直接计入当期的利得和损失等。（　　）

3. 营业利润是企业在一定期间内从事生产经营的收入扣除与其相应的所费后的余额，可表示为：

营业利润 = 营业收入 - 营业成本 - 营业税金及附加 - 销售费用 - 管理费用 - 财务费用

           - 资产减值损失 + 公允价值变动收益 + 投资收益 （　　）

4. 工业企业转让无形资产使用权、出售不需用原材料等，不属于经常性活动，所以，由此产生的经济利益的总流入不构成营业收入。（　　）

5. 营业收入是指企业在全部活动中形成的，会导致所有者权益增加，与所有者投入资本无关的经济利益的总流入。（　　）

6. 管理费用中包括印花税、无形资产摊销、计提的坏账准备和存货跌价准备等。

        （　　）

7. 营业费用、管理费用和财务费用统称为期间费用，这些费用不是摊入产品的生产成本，而是直接计入当期损益。（　　）

8. 利润总额是指企业一定期间所实现的净利润，是由营业利润、营业外收入和营业外支出三个项目构成。（　　）

9. 企业经营的目的就是赢利，所以，企业为实现赢利而采取的任何措施都是正确的。

        （　　）

10. 出于商业秘密的需要，企业可以依据谨慎性原则，合理地计提秘密减值准备。

        （　　）

11. 运用量本利分析法预测企业利润，关键是要解决成本和销售量之间的关系。（　　）

12. 成本性态是指固定成本与变动成本之间在数量上的依存关系。　　　　（　　）

13. 全部成本按其性态可分为成本总额和单位成本两大类。　　　　　　　（　　）

14. 单位产品成本中的固定成本是变动的，而单位产品成本中的变动成本是不变的。

　　　　　　　　　　　　　　　　　　　　　　　　　　　　　　　　（　　）

填空题

1. 利润是指企业在一定期间的_____。

2. 从数量关系上看，利润主要包括_____减去费用后的净额，再加上直接计入当期的_____和_____等，它是企业_____的财务成果，也是衡量企业生产经营管理的重要指标。

3. 企业利润一般来说，可表示为_____、_____和_____等三种不同形式。

4. 营业利润 = 营业收入 – _____ – _____ – _____ – _____ – _____ + 投资收益 + 公允价值变动收益。

5. 营业收入是指企业在_____中形成的、会导致_____增加、与_____无关的经济利益的总流入。

6. _____、_____和_____统称为期间费用，直接计入当期损益。

7. 利润总额是指企业一定期间所实现的全部利润总数，是由_____、_____和_____三个项目构成。

8. 建立利润目标管理责任制，就是为了调动_____的积极性，保证_____的实现。

9. 运用量本利分析法预测企业利润，关键是要解决_____和_____之间的关系。

10. 成本性态是指_____与_____之间在数量上的依存关系。全部成本按其性态可分为_____成本和_____成本两大类。

11. 变动成本是指在一定条件下，其总额随_____或_____的变化而变化的那部分成本。

12. 组织企业利润分配应该遵循的原则有：_____原则、_____原则、_____并重原则、_____对等原则。

13. 公司税后利润分配的顺序是：_____、_____、_____。

14. 常见股利支付方式有：_____股利、_____股利、_____股利、_____股利。

简述题

1. 简述企业利润的构成。

2. 简述企业营业利润的计算方法。

3. 简述企业应纳税所得额与税前会计利润（即利润总额）的区别及联系。

4. 企业利润管理应做好哪些工作？

5. 简述目标营业利润预测的步骤。

6. 简述目标利润预测的主要方法。

7. 简述多产品条件下盈亏平衡点的测算过程。

8. 简述利润分配的原则。

9. 简述利润分配的程序。

10. 简述常见的股利支付方式。

1. 星光公司生产甲产品，单位售价为 98 元/件，该产品的单位变动成本为 60 元，固定成本总额为 40 万元。测算星光公司甲产品盈亏平衡点的销售量与销售额。

2. 林立公司预计 2011 年企业资金占用为 65 万元，同行业先进资金利润率为 18%。公司只生产乙产品，单价为 17 元/件，单位变动成本为 8 元/件，固定成本为 12 万元。2010 年实现销售 2 万件，获得利润 8 万元。

要求：

（1）按同行业先进资金利润率预测 2011 年林立公司目标利润；

（2）在其他因素不变的条件下，测算 2011 年林立公司要实现目标利润所要增加的产品销售量；

（3）在其他因素不变的条件下，测算 2011 年林立公司要实现目标利润应降低的单位产品变动成本；

（4）在其他因素不变的条件下，测算 2011 年林立公司要实现目标利润应降低的固定成本；

（5）在其他因素不变的条件下，测算 2011 年林立公司要实现目标利润应提高的单价。

3. 某企业计划生产甲产品，单位售价345元，固定成本总额为60万元，单位产品变动成本为180元，企业目标销售利润确定为50万元。

要求：

（1）计算盈亏平衡点产品销售量；

（2）计算完成目标利润需达到的产品销售量；

（3）计算盈亏平衡点的销售额；

（4）计算实现目标利润的销售额。

4. 某企业开发出新型甲产品，经测算，单位变动成本592.50元，当生产量达到2 000台时，每台甲产品平均分摊的固定成本为190元，该产品消费税税率为30%，企业预期的成本利润率为10%，企业目标销售利润确定为90万元。

要求：

（1）采用成本加成定价法确定该产品的出厂价格；

（2）计算盈亏平衡点产品销售量；

（3）计算盈亏平衡点的销售额；

（4）计算完成目标利润需达到的产品销售量；

（5）计算实现目标利润的销售额。

5. 某企业新开发一种乙产品，预计全年可销售 4 000 件，经测算单位变动成本为 420 元，固定成本总额为 50 万元，适用消费税率为 10%。企业期望的售价加成率为 15%。

要求：

（1）采用保本定价法计算该产品保本售价；

（2）采用保本定价法计算该产品加成售价。

6. 某企业经市场调研后结合本企业生产能力，拟生产 A 产品，预计年销售量为 4 000 台，单位售价 950 元，其中单位变动成本 420 元，该产品应负担的固定成本总额 52 万元。

要求：根据资料采用量、本、利分析法测算 A 产品的目标销售利润。

7. 某企业拟生产 A、B 两种新产品，计划产量分别为 2 600 件和 1 900 件，单位变动成本分别为 236 元和 870 元，两种产品应负担的固定成本总额 178 万元，单位售价分别为 540 元和 1 980 元。

要求：根据资料采用量、本、利分析法测算 A、B 两产品的目标销售利润。

8. 某生产企业 2005—2010 年期间，销售利润率平均为 18%。该企业 2011 年预测的营业务收入可达到 980 万元。

要求：根据资料采用销售利润率法测算该企业 2011 年的主营业务目标利润。

9. 某企业为了扩大企业经营项目，本年计划投产新产品 B，B 产品的计划生产成本总额 690 万元，预计应销比例为 98%，同行业的该类成本利润率一般为 18%。

要求：根据资料采用成本利润率法测算该企业本年 B 产品的目标利润。

第 七 章

企业投资管理

 名词解释

1. 投资

2. 摸准市场

3. 风险

4. 机会成本与沉淀成本

5. 项目投资

6. 证券投资

7. 现金流量

8. 投资回收期法

9. 静态投资回收期法与动态投资回收期法

10. 折现率

11. 净现值法

12. 资本市场

13. 债券投资

14. 股票投资

单项选择题

1. 投资先要进行的第一步工作是（　　）。

 A. 摸准市场的需求   B. 考虑机会成本

 C. 考虑风险和收益   D. 考虑投资的多样化

2. 在选择投资时，所放弃的其他投资项目中价值最高的机会，就是投资中的（　　）。

 A. 沉淀成本   B. 机会成本

 C. 风险成本   D. 可变成本

3. 在过去发生的，且在将来无法或不需要收回的支出，这类支出称为（　　）。

 A. 固定成本   B. 风险成本

 C. 机会成本   D. 沉淀成本

4. 项目投资按照（　　）可以划分为生产性项目投资和长期证券投资两大部分。

 A. 投资对象   B. 涉及内容

 C. 期限长短   D. 经济性质

5. 以下不属于项目投资的特点的有（　　）。

 A. 投入的资金量大   B. 对企业的影响时间长

 C. 投资决策风险大   D. 项目用途的可改变性

6. （　　）就是不考虑资金的时间价值，直接按照收回项目初始投资额所需的时间来判定该方案是否可行的方法。

 A. 静态投资回收期   B. 动态投资回收期

 C. 可变投资回收期   D. 固定投资回收期

7. 静态投资回收期法的优点是（　　）。

 A. 易于计算和理解   B. 考虑回收期满后的营业现金净流量

 C. 不用考虑回收期内的营业现金净流量   D. 考虑资金时间价值

8. 动态投资回收期法与静态投资回收期法的区别在于（　　）。

 A. 考虑资金时间价值

 B. 考虑回收期满后的营业现金净流量

C. 没有考虑回收期内的营业现金净流量

D. 易于计算和理解

9. 某企业拟投资 9 000 元，经预测该项投资有效期为 4 年，每年现金净流入额依次为 2 400元、3 000 元、4 000 元、3 600 元，则其静态投资回收期为 （   ）年。

A. 2.8   B. 2.9

C. 3   D. 3.1

10. 某完整工业投资项目于建设起点一次投入固定资产投资 1 100 万元和流动资金投资 20 万元，建设期为一年。运营期第一年的息税前利润为 50 万元，折旧为 200 万元，该年的经营成本估算额为 30 万元。则运营期第一年的所得税前净现金流量为 （   ）万元。

A. −120   B. 250

C. 280   D. 300

11. 以下计算现金净流量错误的是 （   ）。

A. 现金净流量 = 销售收入 − 全部成本 − 应缴纳的税金

B. 现金净流量 = 销售收入 − （成本 − 折旧） − 应缴纳的税金

C. 现金净流量 = 利润 + 折旧 − 应缴纳的税金

D. 现金净流量 = 净利润 + 折旧

12. 存在所得税的情况下，以"利润 + 折旧"估计经营期净现金流量时，"利润"是指 （   ）。

A. 利润总额   B. 净利润

C. 营业利润   D. 息税前利润

13. 某投资方案的年营业收入为 10 万元，年总营业成本为 6 万元，其中年折旧额 1 万元，所得税率为 33%，该方案的每年营业现金流量为 （   ）。

A. 26 800 元   B. 36 800 元

C. 16 800 元   D. 43 200 元

14. 采用净现值法的判断标准是 （   ）。

A. 净现值 ≥ 0 为可行方案   B. 净现值 > 0 为可行方案

C. 净现值 ≤ 0 为不可行方案   D. 无法判断

15. 净现值法的优点是 （   ）。

A. 考虑一些其他影响投资的因素

B. 揭示各个投资方案本身可能达到的实际投资报酬率是多少

C. 考虑了资金的时间价值，能够反映各种投资方案的净收益

D. 是一个相对数的指标

16. 一般认为，企业进行长期债券投资的主要目的是 （   ）。

A. 控制被投资企业   B. 调剂现金余额

C. 获得稳定收益   D. 增强资产流动性

17. 以下不属于债券投资的优点的是 （   ）。

A. 本金安全性高   B. 市场流动性好

C. 收入稳定性强   D. 有相应管理权

18. 进行股票估价的目的是为了确定股票的 （   ），然后将股票价值与股票市价进行

比较，以决定是否购买。

  A. 实际价值   B. 内在价值

  C. 外在价值   D. 票面价值

19. 以下不属于股票投资的优点的是（   ）。

  A. 投资收益高   B. 购买力风险低

  C. 拥有经营控制权   D. 求偿权优于债券投资

20. 某一股票的市价为 10 元，该企业同期的每股收益为 0.5 元，则该股票的市盈率为
（ ）。

  A. 20   B. 30

  C. 5   D. 10

21. 某公司发行面值为 1 000 元，利率为 12%，期限为 2 年的债券，当市场利率为
10%，其发行价格为（ ）元。

  A. 1 150   B. 1 000

  C. 1 030   D. 985

多项选择题

1. 项目投资按其涉及内容不同可细分为（   ）。

  A. 单纯固定资产投资项目   B. 生产性项目投资

  C. 长期证券投资   D. 完整投资项目

2. 项目投资的特点是（   ）。

  A. 投入的资金量大   B. 对企业的影响时间长

  C. 投资决策风险大   D. 项目用途的不可改变性

3. 现金流量的构成包括（   ）。

  A. 现金流出量   B. 现金净流量

  C. 现金流入量   D. 付现成本

4. 现金流出量包括（   ）。

  A. 建设投资中的现金支出

  B. 投产后生产经营中需要垫支的流动资金

  C. 付现成本

  D. 折旧

5. 现金流入量包括（   ）。

  A. 固定资产变价收入   B. 回收的流动资金

  C. 产品销售收入   D. 折旧

6. 以下计算现金净流量正确的是（   ）。

  A. 现金净流量＝销售收入－付现成本－应纳税金

  B. 现金净流量＝销售收入－（成本－折旧）－应纳税金

  C. 现金净流量＝利润＋折旧－应纳税金

D. 现金净流量 = 净利润 + 折旧

7. 静态投资回收期法的缺点是（　　　　）。

    A. 没有考虑资金时间价值

    B. 没有考虑回收期满后的营业现金净流量

    C. 不易计算和理解

    D. 只考虑了回收期内的营业现金净流量

8. 采用净现值法的判断标准是（　　　　）。

    A. 净现值≥0 为可行方案　　　　　　　B. 净现值＞0 为可行方案

    C. 净现值≤0 为不可行方案　　　　　　D. 净现值＜0 为不可行方案

9. 净现值法的优点（　　　　）。

    A. 考虑了资金时间价值因素

    B. 揭示各个投资方案本身可能达到的实际投资报酬率是多少

    C. 能够反映各种投资方案的净收益

    D. 容易计算和理解

10. 节省固定资产投资的办法有（　　　　）。

    A. 从外部融资租赁固定资产　　　　　　B. 债务重组

    C. 委托加工　　　　　　　　　　　　　D. 从外部经营租赁固定资产

11. 资本市场按资金融通的方式分为（　　　　）。

    A. 长期证券市场　　　　　　　　　　　B. 长期借贷市场

    C. 外汇市场　　　　　　　　　　　　　D. 票据市场

12. 与股票投资相比，债券投资的主要缺点有（　　　　）。

    A. 购买力风险大　　　　　　　　　　　B. 流动性风险大

    C. 没有经营管理权　　　　　　　　　　D. 投资收益不稳定

13. 对股票投资而言，债券投资的优点有（　　　　）。

    A. 本金安全性高　　　　　　　　　　　B. 收入稳定性强

    C. 市场流动性好　　　　　　　　　　　D. 拥有管理权

14. 股票预期的未来现金流入包括（　　　　）。

    A. 每期的预期股利　　　　　　　　　　B. 股票的期末价值

    C. 固定的股息　　　　　　　　　　　　D. 出售股票时的变价收益

15. 股票价值评价的一般方法（　　　　）。

    A. 市盈率法　　　　　　　　　　　　　B. 资产评估值法

    C. 交易评估法　　　　　　　　　　　　D. 销售收入法

16. 股票投资的优点（　　　　）。

    A. 投资收益高　　　　　　　　　　　　B. 购买力风险低

    C. 拥有经营控制权　　　　　　　　　　D. 价格稳定

17. 股票投资的缺点（　　　　）。

    A. 求偿权居后　　　　　　　　　　　　B. 购买力风险低

    C. 没有经营控制权　　　　　　　　　　D. 价格不稳定

1. 只有预期的投资收入大于机会成本，才能作出投资的决策。　　　　（　　）

2. 一般情况下，风险和收益是相伴的，一项经济活动，风险大，就意味着未来期望的不确定性越大，其收益的可能性也就越小。　　　　　　　　　　　　　（　　）

3. 在一项投资决策时，不仅考虑该项目可能带来的收益和项目继续投入的成本，还应该考虑已经过去的沉淀成本。　　　　　　　　　　　　　　　　　　　　（　　）

4. 单纯固定资产投资项目不包括建成后生产周转所需要的资金投入。　　（　　）

5. 在进行投资时，最好是将所有资金投入到一个项目中，这样可以集中资金，减小风险。　　　　　　　　　　　　　　　　　　　　　　　　　　　　　　　　　（　　）

6. 生产性项目投资主要是购置单项设备的投资行为，而且还涉及到建成后周转用的流动资金投资。　　　　　　　　　　　　　　　　　　　　　　　　　　　　　　（　　）

7. 一般情况下，企业上的项目都有特定用途，项目一旦投产后，其用途就不可作别的改变。　　　　　　　　　　　　　　　　　　　　　　　　　　　　　　　　　（　　）

8. 项目投资评价主要分为技术评价和财务评价两部分，财务评价也可以叫商务评价。　　　　　　　　　　　　　　　　　　　　　　　　　　　　　　　　　　　（　　）

9. 现金流量中的现金是指大范围的现金，它包括现金、银行存款等货币资金。（　　）

10. 现金流出量是指在建造过程中和工程项目竣工投产前发生的现金支出。（　　）

11. 固定成本，又称为付现成本，是指在项目投产后为满足生产经营需要而发生的各项固定成本费用，如人员工资费、办公费、水电费、折旧费、无形资产摊销费用等。（　　）

12. 投资回收期越短，对投资者越有利。　　　　　　　　　　　　　　（　　）

13. 所谓静态投资回收期，是指按计划投产的产品的行业基准收益率或设定的折现率，以折现的营业现金净流量作为计算基础，来计算收回初始投资额所需时间的方法。（　　）

14. 静态投资回收期法的主要缺点在于只考虑了回收期满后的营业现金净流量，没有考虑回收期内的营业现金净流量。所以，它还有一定的局限性。　　　　　　　（　　）

15. 如果几个方案的投资额相等，且净现值都是正数，那么净现值最大的方案为最优方案。　　　　　　　　　　　　　　　　　　　　　　　　　　　　　　　　　（　　）

16. 净现值法的优点是：考虑了资金的时间价值，能够反映各种投资方案的净收益，因而是一种较好的方法。其缺点是不能揭示各个投资方案本身可能达到的实际投资报酬率是多少。　　　　　　　　　　　　　　　　　　　　　　　　　　　　　　　　　（　　）

17. 企业进行短期债券投资的目的是为了获得稳定的收益。　　　　　　（　　）

18. 债券的价值是债券未来现金流入量的现值。只有当债券的价值小于其购买价格时，才值得投资；否则，不应进行投资。　　　　　　　　　　　　　　　　　　　（　　）

19. 债券的价格会随着市场利率的变化而变化。当市场利率上升时，债券价格下降；当市场利率下降时，债券价格会上升。　　　　　　　　　　　　　　　　　　　（　　）

20. 债券投资的购买力风险较大。　　　　　　　　　　　　　　　　　（　　）

21. 股市中股票的价格总是围绕股票的内在价值上下波动的。　　　　　（　　）

22. 与债券投资相比，普通股能有效地降低购买力风险。在通货膨胀率比较高时，由于物价普遍上涨，股份公司盈利增加，股利的支付也随之增加。　　　　　　（　　）

23. 普通股对企业资产和盈利的求偿权均居于最后。　　　　　　　　　　（　　）

填空题

1. 所谓投资就是企业或者个人为了在未来能获取更多的_____，放弃了眼下其他消费选择，而对某一项目投入财力的经济行为。

2. 在选择投资时，所放弃的其他投资项目中价值最高的机会，就是投资中的_____。

3. 项目投资，也叫资本投资，是以某一个项目为对象，所进行的_____、_____或_____等长期投资行为。

4. 项目投资按其涉及内容不同可细分为_____和_____。

5. 资本投资按投资对象可以划分为_____和_____两大部分。

6. 项目投资评价是指在项目没有确定前，事先进行的论证。主要分为_____和_____两部分。

7. 在项目决策中，现金流量是指投资项目在整个投资周期内发生的_____和_____的数量。

8. 现金流出量主要有_____、_____和_____。

9. 现金流入量是指项目投产后所引起现金收入的增加数量，主要包括_____、_____和_____。

10. 付现成本，是指在成本总额中扣除_____的部分。

11. 项目投资的评价方法主要有_____和_____。

12. 采用净现值法的判断标准是：_____为可行方案；_____为不可行方案。如果几个方案的投资额相等，且净现值都是正数，那么净现值最大的方案为最优方案。

13. 资本市场是指融通_____的市场，又称长期资金融通市场。

14. 资本市场按资金融通的方式分为_____和_____。

15. 债券的价值是债券未来现金流入量的_____。

16. 企业进行股票投资的目的主要有两个：一是_____，二是_____。

17. 市盈率是指某种股票的_____与_____的比率。

简答题

1. 你对机会成本和沉淀成本是怎样理解的？它们在投资中起什么作用？

2. 在进行投资时，要如何进行创新？

3. 项目投资有什么特点，如何开展项目投资？

4. 比较项目投资的评价方法及其优缺点。

5. 比较债券投资和股票投资特点及其优缺点？

6. 债券价值应如何计算？股票价值要如何进行评价？

 案例思考题

资料：

健民葡萄酒厂是生产葡萄酒的企业，该厂生产的葡萄酒酒香纯正，价格合理，长期以来供不应求。为了扩大生产能力，健民葡萄酒厂准备新建一条生产线。

李伟是该厂的助理会计师，主要负责筹资和投资工作。总会计师王利要求李伟搜集建设新生产线的有关资料，并对投资项目进行财务评价，以供厂领导决策考虑。

李伟经过十几天的调查研究，得到以下有关资料：

（1）投资新的生产线需一次性投入 1 000 万元（假定当年即可投产），预计可使用 10 年，报废时无残值收入。

（2）该生产线投入使用后，预计可使工厂第 1～5 年的销售收入每年增长 1 000 万元，第 6～10 年的销售收入每年增长 800 万元，耗用的人工和原材料等成本为收入的 60%。

（3）生产线建设期满后，工厂还需垫支流动资金 200 万元。

（4）所得税税率为 27%。

要求： 请同学帮助李伟作出以下计算：

（1）预测新的生产线投入使用后，该厂未来 10 年增加的净利润。

（2）预测该项目各年的现金流量。

（3）计算该项目的净现值，以评价项目是否可行。

 计算分析题

1. 飞虹公司准备购入一台甲设备以扩充生产能力，现有 A、B 两个方案可供选择。A 方案不需垫支流动资金，设备初始投资 1.2 万元，使用寿命为 3 年，清理时无净残值，采用直线法计提折旧，3 年中每年的销售收入为 2.1 万元，付现成本每年为 6 000 元。B 方案需垫支流动资金 9 000 元，设备初始投资 1.8 万元，设备清理时无净残值，采用直线法计提折旧，使用寿命为 3 年，3 年中每年的销售收入为 2.4 万元，付现成本每年为 6 500 元，假设所得税税率为 25%。

要求：根据资料分别计算两个投资方案的营业现金流入量和现金净流量（见表 7-1、7-2）。

表 7-1　　　　　　　　　投资方案营业现金流入量计算表

项　　目	A 方案			B 方案		
	第 1 年	第 2 年	第 3 年	第 1 年	第 2 年	第 3 年
销售收入（元）						
付现成本（元）						
折旧（元）						
税前净利（元）						
税后净利（元）						
现金流量（元）						

表 7-2　　　　　　　　　投资方案现金净流量计算表　　　　　　　　　单位：元

项　　目	A 方案				B 方案			
	第 0 年	第 1 年	第 2 年	第 3 年	第 0 年	第 1 年	第 2 年	第 3 年
初始投资								
垫支流动资金								
营业现金流量								
固定资产残值								
流动资金回收								
现金净流量合计								

2. 根据上题（第 1 题）飞虹公司的有关资料，要求计算：

（1）A 方案静态投资回收期；

（2）B 方案静态投资回收期。

3. 已知飞虹公司关于甲设备的 A、B 两个投资方案初始投资额分别为 1.2 万元和 2.7 万元，各方案的现金净流量计算表见表 7 - 3。

表 7 - 3

方案	年序	现金净流量	复利现值系数	折现的现金净流量	累计折现的现金净流量	年末尚未收回的投资额
A 方案	1	11 370				
	2	11 370				
	3	11 370				
B 方案	1	13 705				
	2	13 705				
	3	24 705				

要求：根据资料，以 10% 为折现率，计算 A、B 方案的动态投资回收期。

4. 根据上题（第 3 题）飞虹公司关于甲设备的 A、B 两个投资方案初始投资额和各方案的现金净流量计算表资料，要求分别计算 A、B 方案的净现值。

5. 企业拟投资 32 万元建造一项固定资产，预计投产后每年可得净利 4.8 万元，该资产可使用 10 年，假设该企业资金成本率为 10%。

要求：

（1）计算该项投资的投资回收期。

（2）计算净现值。

6. 某企业需要添置一台设备，有两种方案可以选择，一是购买，需一次支付买价 13.2 万元，使用期限为 5 年，到期后无残值；二是租赁，每年需向出租方支付租赁费为 5 万元，租赁期也为 5 年。假设资金成本为 10%。

要求：根据上述资料，计算租入设备的租金现值，并对购进和租赁两个方案作出决策。

7. A 企业于 2009 年 1 月 5 日以每张 1 020 元的价格购买 B 企业发行的利随本清的企业债券。该债券的面值为 1 000 元，期限为 3 年，票面年利率为 10%，不计复利。购买时市场年利率为 8%。不考虑所得税。

要求：

（1）利用债券估价模型评价 A 企业购买此债券是否合算？

（2）如果 A 企业于 2010 年 1 月 5 日将该债券以 1 130 元的市价出售，计算该债券的投资收益率。

8. 某企业准备购入一批股票，预计 3 年后出售可得到 5 000 元，这批股票 3 年中每年可获得股利收入 200 元，若企业所要求的该股票收益率为 12%。根据上述资料计算企业可接受的股票价格为多少？

9. 某公司的股票的每股收益为 2 元，市盈率为 10，行业类似股票的市盈率为 11，要求：计算该公司的股票价值和股票价格。

10. 掩卷思考：该选择何种投资。

经过王强的努力，他的企业开始盈利了。当他查看企业的财务报告时，发现企业还有一大笔资金还没用处，于是他想用这笔资金进行一项投资。请帮助王强决定：

（1）他要如何进行投资呢？

（2）他要选择什么进行投资呢？是进行一个项目，还是选择债券投资或者股票投资？有没有一种投资方式的可以做到风险小、收益大，而且还可以尽快收回资金呢？

第 八 章

财 务 分 析

名词解释

1. 财务分析

2. 会计报表附注

3. 财务情况说明书

4. 比较分析法

5. 比率分析法

6. 趋势分析法

7. 常用财务指标

8. 偿债能力

9. 存货周转率

10. 赢利能力

11. 财务状况总体分析

12. 财务状况综合分析

1. （　　）是指企业偿付流动负债的能力。

  A. 短期偿债能力　　　　　　　　　B. 长期偿债能力

  C. 短期支付能力　　　　　　　　　D. 长期支付能力

2. （　　）是指流动资产减去变现能力差且不稳定的存货、待摊费用、待处理流动资产损失等后的余额。

  A. 现金类资产　　　　　　　　　　B. 固定资产

  C. 速动资产　　　　　　　　　　　D. 流动资产

3. （　　）是指企业年销售收入净额与固定资产平均净值的比率。它是反映企业固定资产周转情况，从而衡量固定资产利用效率的一项指标。

  A. 固定资产周转率　　　　　　　　B. 应收账款周转率

  C. 存货周转率　　　　　　　　　　D. 总资产周转率

4. （　　）是指企业利润总额与成本费用总额的比率。它是反映企业生产经营过程中发生的耗费与获得的收益之间的关系的指标。

  A. 应收账款周转率　　　　　　　　B. 固定资产周转率

  C. 总资产周转率　　　　　　　　　D. 成本费用利润率

5. （　　）它是以某一时期数额为固定基期数额计算出来的动态比率。

  A. 定基动态比率　　　　　　　　　B. 环比动态比率

  C. 流动比率　　　　　　　　　　　D. 速动比率

6. （　　）是将连续数期会计报表的有关数字并行排列，比较相同指标的增减变动金额及幅度，以此来说明企业财务状况和经营成果的发展变化。

  A. 会计报表项目构成的比较　　　　B. 重要财务指标的比较

  C. 会计报表的比较　　　　　　　　D. 会计报表附注的比较

7. 一般认为速动比率为（　　）比较好。

  A. 1:1　　　　　　　　　　　　　B. 2:1

  C. 1:2　　　　　　　　　　　　　D. 3:1

8. （　　）侧重于揭示财务结构的稳健程度以及自有资金对偿债风险的承受能力。

  A. 资产负债率　　　　　　　　　　B. 应收账款周转率

  C. 产权比率　　　　　　　　　　　D. 存货周转率

9. （　　）是反映股东投资收益水平的指标。

  A. 总资产利润率　　　　　　　　　B. 权益利润率

  C. 成本费用利润率　　　　　　　　D. 销售净利率

多项选择题

1. 财务分析的方法有（　　　　）。

A. 比较分析法   B. 比率分析法

C. 逻辑分析法   D. 趋势分析法

2. 在比率分析法中一般用作对比的标准有（   ）。

A. 预定指标   B. 历史标准

C. 行业标准   D. 公认标准

3. 趋势分析法的方式通常有（   ）。

A. 重要财务指标的比较   B. 会计报表的比较

C. 会计报表项目构成的比较   D. 会计项目的比较

4. 短期偿债能力的衡量指标主要有（   ）。

A. 效率比率   B. 速动比率

C. 现金比率   D. 流动比率

5. 资产管理涉及企业的购、产、销各环节，常用的指标有（   ）。

A. 应收账款周转率   B. 存货周转率

C. 流动资产周转率   D. 固定资产周转率

E. 总资产周转率

6. 在分析企业赢利能力时，应当排除的情况有（   ）。

A. 证券买卖等非正常项目

B. 已经或将要停止的营业项目

C. 营业外所得项目

D. 会计准则和财务制度变更带来的累积影响等因素

7. 企业财务状况的趋势分析，主要应用的方法是（   ）。

A. 比较财务报表金额   B. 比较财务报表构成

C. 比较财务指标   D. 比较财务比率

8. 比率指标主要有（   ）。

A. 效率比率   B. 速动比率

C. 相关比率   D. 产权比率

▼ 判断题

1. 财务分析既是财务预测的前提，也是过去财务活动的总结，在财务管理中起着承前启后的作用。   （   ）

2. 比较分析法的优点是计算简便，计算结果容易判断分析，而且可以使某些指标在不同规模企业间比较。   （   ）

3. 流动比率是企业流动资产与流动负债的比率，是衡量企业短期偿债能力最通用的比率。它说明 1 元流动负债有多少流动资产可以作支付的保证。   （   ）

4. 流动比率 1:1 的比例比较适宜，它表明企业财务状况稳定可靠，除了满足日常生产经营的流动资金需要外，还有足够的财力偿付到期的短期债务。   （   ）

5. 速动比率较流动比率能够更加准确、可靠地评价企业资产的流动性及偿还短期债务

的能力。 （　　）

6. 长期偿债能力是指企业偿还长期负债的能力。 （　　）

7. 资产负债率与产权比率具有共同的经济意义，两个指标可以相互补充。 （　　）

8. 应收账款周转率是反映应收账款周转速度的指标。它是一定时期内赊销收入净额与应收账款平均余额的比率。 （　　）

9. 存货周转速度越快，存货占用水平越低，流动性越强，存货转换为现金或应收账款的速度越快，这样会增强企业的短期偿债能力及获利能力。 （　　）

10. 总资产周转率主要用来衡量企业全部资产的使用效率。 （　　）

11. 总资产利润率是反映企业资产综合利用效果的指标，也是衡量企业利用债权人和所有者权益的总额所取得盈利的重要指标。 （　　）

12. 财务比率能从指标的联系中，揭露企业财务活动的内在关系，但它所能提供的只是企业某一时点或某一时期的实际情况。 （　　）

填空题

1. 对不同时期财务指标的比较，可以有两种方法：_____和_____。

2. 常用财务指标主要包括：_____指标、_____指标和_____指标等。

3. 偿债能力分析主要分为_____与_____分析。

4. 流动资产周转率是一定时期_____与_____之间的比率。

5. _____是企业销售收入净额与企业资产平均总额的比率。

6. _____反映了企业财务报表项目之间的对比关系，用来揭示企业的财务状况。

简述题

1. 财务分析的作用是什么？

2. 财务分析的依据是什么？

3. 在比率分析法中比率指标主要有哪几种？

4. 采用趋势分析法时，必须注意哪些问题？

5. 在利用资产负债率分析企业财务状况时，要注意哪些问题？

6. 企业应收账款周转率的高低对企业有何影响？

7. 怎样编制综合分析表的程序？

8. 财务分析主要采用哪些方法？

9. 如果你是企业经营管理者，你最想了解管理上哪些问题，这些问题可以从哪些方面进行分析？

10. 通过常用财务指标分析，可以给我们揭示哪些方面的问题？

1. 某商业企业××年营业收入为 2 000 万元，营业成本为 1 600 万元，年初、年末应收账款余额分别为 200 万元和 400 万元；年初、年末存货余额分别为 200 万元和 600 万元；年末速动比率为 1.2，年末现金比率为 0.7。假定该企业流动资金由速动资产和存货组成，速动资产由应收账款和现金资产组成，一年按 360 天计算。

要求：计算年末流动负债余额和速动资产余额。

2. 甲乙两家企业为规模相同的机械加工企业，且均于 3 年前开业。两家企业的实收资本均为 150 万元，每家企业的固定资产都由使用年限为 30 年的厂房与使用年限为 20 年的机器设备所组成。其中厂房的原始成本为 40 万元，机器设备的原始成本为 20 万元。在资产折旧政策方面，甲企业固定资产采用双倍余额递减法计提折旧，乙企业采用直线法计提折旧。除折旧方法不同外，两家企业其他会计政策相同，此外，除正常应付账款外，无任何负债。两家企业均有意出售，卖价基本相同。

经审计，两家企业连续 3 年的净利如表 8 - 1 所示。

表 8 - 1   单位：元

年度	甲企业	乙企业
1	50 000	65 000
2	60 000	70 000
3	70 000	70 000

另外：甲企业的现金多于乙企业。

要求：如果某公司想购买其中一家企业，向你咨询，请分析甲乙两家企业哪一家值得购买，说明理由（请用具体数据）。